Youssef, Freige

CARTON ROUGE
ou MORT SUBITE

CARTON ROUGE ou MORT SUBITE
PHiLiPPE BARBEAU
ROGER JUDENNE

RAGEOT

ISBN 978-2-7002-2926-4
ISSN 1766-3016

© RAGEOT-ÉDITEUR – PARIS, 1999-2007.
Tous droits de reproduction, de traduction et d'adaptation réservés pour tous pays. Loi n° 49-956 du 16-07-1949 sur les publications destinées à la jeunesse.

*À nos copains auteurs jeunesse
du Centre que nous avons reconvertis
en footballeurs, au nom de l'amitié.*

UN MILLION D'EUROS DANS UN SAC

Le commissaire s'approche du sac de sport contenant le million, et demande au garçon de décliner son identité.
– Jérôme Forestier.
– Jérôme Forestier... Il y a un rapport avec la banque Dumont et Forestier ? questionne le commissaire en tirant sur la fermeture éclair.
– Oui. C'est le fils unique du banquier Forestier, précise l'inspecteur.
Le commissaire ouvre le sac de sport afin d'en découvrir le contenu. Il se fige quelques secondes, écarquille les yeux et émet un sifflement d'admiration. Puis il plonge la main et en retire des liasses de billets de cinq cents euros. Uniquement des liasses de billets de cinq cents

euros tout neufs. Il commence à les empiler sur la table.

– Jérôme, il va falloir nous expliquer comment cette fortune est arrivée dans ton sac de sport, lance le commissaire.

Jérôme a onze ans. Taille moyenne. Pas très musclé. Une sorte de gringalet aux cheveux roux et au visage couvert de taches de rousseur. Des yeux verts, très beaux, très pétillants. Des yeux d'Irlandais.

Il penche légèrement la tête et garde les bras croisés.

– Combien y a-t-il dans ce sac ? interroge le commissaire en tournant le regard vers l'inspecteur.

– Un million. Tout juste.

Le commissaire s'assied. Ses deux mains empoignent le bord du bureau et rapprochent le fauteuil à roulettes en le faisant pivoter d'un quart de tour. Il pose les coudes sur la table et tend son visage vers celui du petit Forestier.

– Il va falloir nous expliquer, Jérôme... répète-t-il d'une voix calme.

Le garçon redresse la tête et remonte ses épaules. Ses lèvres ne se desserrent pas. Au contraire. Le silence qu'il observe depuis les quelques mots prononcés le matin constitue une épreuve où il se sent le plus fort. Chaque minute de mutisme supplémentaire semble renforcer sa détermination. Ses yeux brillent d'une volonté indicible et il soutient le regard sévère du commissaire sans ciller.

– On n'a pas pu lui tirer la moindre parole en dehors de son identité et de : « C'est pour mon père. Je dois le lui porter à l'arrivée de l'avion de Bruxelles, à 17 heures, quand il reviendra de sa réunion avec les actionnaires belges », explique l'inspecteur. Il a dit ça trois fois et puis plus rien. Une vraie carpe ! On a tout essayé : la gentillesse, les menaces…

– Et les parents ?

– Ils sont bien partis ce matin pour Bruxelles.

– Vous avez vérifié ?

– Oui ! Enfin, j'ai passé un coup de fil à la secrétaire du père en disant que je voulais absolument le rencontrer. Ça n'a pas été facile de lui faire cracher le morceau.

– Elle n'a pas soupçonné qui vous étiez, au moins ? Il ne faudrait pas qu'elle l'avertisse… On ne sait jamais, il pourrait décider de fuir.

– J'ai vraiment fait attention, commissaire.

– Et pour l'avion ?

– Il arrive bien de Bruxelles à 17 heures, comme l'a dit le môme. Un vol de la European Airlines. Forestier et sa femme figurent sur la liste des passagers. Une équipe les interceptera dès leur descente d'avion et les amènera directement ici.

Un imperceptible sourire s'ébauche sur les lèvres de Jérôme, mais ni le commissaire ni son inspecteur ne le remarquent.

– Parfait...

Le commissaire se lève et marche de long en large en silence, martelant le parquet de ses talons comme un militaire. Il passe derrière Jérôme qui ne bouge pas d'un millimètre, certain que le silence est sa meilleure arme. Brusquement, le commissaire lui pose une main sur l'épaule.

– Comme tu veux, petit. Comme tu veux. On a le temps.

❖

– Commence à faire un peu frisquet ! ronchonne le SDF appuyé contre la vitrine de l'ancien magasin de confection qu'une armada d'ouvriers transforme en restaurant fast-food. On s'approche des beaux jours et il fait un vrai temps de Toussaint. Va falloir que je fasse un saut chez les chiffonniers.

En fait, la journée est plutôt douce, mais le clochard est de mauvaise humeur.

Il grommelle encore quelques mots dans sa barbe mitée, puis son regard se porte sur la gamine qui arpente le trottoir à quelques pas de lui.

– … m'agace, cette gosse ! Depuis ce matin, elle déambule dans le quartier. Normalement, à cette heure, elle devrait être à l'école…

L'homme n'a pas tort. Charlotte devrait être en classe. Seulement, aujourd'hui, elle a plus important à faire, beaucoup, beaucoup plus important.

– Elle ne ressemble pourtant pas à une gamine qui sèche les cours.

Le clochard la détaille tandis qu'elle regarde les affiches du Magic-Gaumont, le complexe cinéma du centre-ville.

– Et jolie avec ça…

Avec des yeux ! Verts comme on n'en rencontre que dans les films. Éclatants, au milieu de ce visage constellé de taches de rousseur. Quelle vivacité dans son regard ! Et les cheveux ! Une crinière rousse qui lui descend jusqu'aux fesses.

Charlotte jette encore un œil à sa montre puis pénètre dans le hall du cinéma d'un pas décidé. Elle se dirige aussitôt vers la caisse.

– Une place pour *Jour de fret*, s'il vous plaît.

La caissière prend le billet, rend la monnaie puis presse un bouton. La machine crache un ticket jaune que Charlotte saisit avant de gagner la salle. Quelques instants plus tard, elle est assise au dernier rang, en plein milieu.

« Je suis aussi bien ici, se dit-elle en attendant le début de la séance. De toute manière, l'avion n'arrive qu'à 17 heures. Le temps que les policiers amènent les parents et que tout le monde s'explique un peu, l'AUTRE ne sera pas là avant 18 heures. Inutile que je continue à piétiner dehors... »

Elle pense à Jérôme. Que fait-il en ce moment ? Tout se déroule-t-il comme prévu ? Elle ignore ce qui se passe à l'intérieur du commissariat. Elle pose une main sur son cœur. L'enveloppe qu'elle cache depuis ce matin dans la poche intérieure de son anorak est toujours là. Elle n'aurait jamais imaginé que le contenu d'une simple enveloppe puisse avoir une telle importance.

❖

L'homme au blouson de cuir noir s'assied sur le lit de sa chambre d'hôtel et consulte l'heure à sa montre.

13 heures 45. Dans trois heures et demie, tout sera terminé.

Il se prépare avec minutie, justifiant sa réputation de professionnel consciencieux.

Il dégaine le revolver rangé dans son holster, lève le bras.

Il a posé un tract électoral contre la lampe

de chevet, à moins de trois mètres de lui. Il vise la tête du candidat.

Il sourit, satisfait. Il saisit le chargeur, compte les balles et l'engage dans la crosse du pistolet. D'un geste sec, il le pousse jusqu'au bout. Un déclic retentit.

« Six balles, c'est trois fois trop. »

D'habitude, il ne lui en faut qu'une, rarement deux. Jamais plus.

Calme parfait. Gestes millimétrés. Efficacité maximum.

L'homme replace le revolver dans son étui, puis il fixe le visage du candidat, dégaine à nouveau, vise soigneusement et range ensuite son arme.

Il est prêt.

⁂

Un policier apporte un sandwich au jambon et une canette de Coca-Cola. Il les tend au petit rouquin qui ne tourne même pas la tête.

– T'as pas faim ? lui demande-t-il.

– …

– Quelle tête de mule ! Si c'était le mien… commente le second en agitant la main.

– Assieds-toi au moins, reprend le premier. T'es debout depuis des heures. Tu dois être fatigué.

Jérôme Forestier reste impassible, les yeux fixés vers un lointain qui se situe bien au-delà du mur. Debout, raide et droit. Immobile comme un panneau « Stop », muet comme un poisson.

D'ailleurs le commissaire et ses adjoints en ont rapidement eu assez et l'ont confié à la garde de deux sous-brigadiers avant de quitter le bureau. C'est vrai, il est énervant, ce gosse. Rien à en tirer. De là à perdre son calme et lui envoyer deux ou trois claques... Et alors, quelle histoire ! Le fils d'un banquier tabassé par des brutes dans le commissariat principal de la ville !

Pas question de le menotter sur une chaise non plus. La loi est formelle : on ne doit pas mettre les menottes aux mineurs de moins de quinze ans.

– Tu ne veux pas parler au commissaire, d'accord. C'est ton affaire, poursuit le sous-brigadier en s'asseyant, le jambon-beurre et le Coca dans les mains sans savoir qu'en faire. À nous non plus, tu ne veux rien dire. D'accord. Nous, on est juste là parce qu'il faut des uniformes dans la maison. On ne fait pas l'enquête. Tu n'es vraiment pas ordinaire, toi. Tu restes debout des heures durant. Tu ne manges pas et tu as été arrêté avec un million d'euros dans un sac de sport ! Qu'est-ce qui t'a pris de cogner et d'insulter les collègues ? À croire que tu voulais te faire pincer.

Nouveau petit sourire de Jérôme. Toujours aussi discret. Là encore, les policiers ne le voient pas.

– Ses parents vont arriver dans deux ou trois heures, ajoute le second, il va pas mourir de faim d'ici là. Donne-moi le casse-croûte. J'ai pas eu le temps de rentrer à la maison ce midi.

Le premier hésite.

– Quand même, manger le sandwich d'un enfant…

– De toute façon, il n'en veut pas, insiste le second en agitant les doigts de sa main tendue dans un mouvement d'appel pressant.

Il prend le paquet, déchire le papier d'emballage et mord à belles dents. Son collègue pose la canette de Coca-Cola sur le bureau avant de sortir, laissant la porte grande ouverte derrière lui.

Par larges morceaux, le sandwich disparaît dans la bouche affamée à une vitesse impressionnante. On dirait la scène d'un cartoon. Arrivé à la dernière bouchée, l'homme jette le papier en direction de la corbeille et la rate.

– J'vais chercher une bière en bas. Moi, les trucs américains… Et dire qu'ils sont en train de construire un fast-food qui va vendre des hamburgers dans la rue du commissariat !

Il se lève en brossant son uniforme de la main pour faire tomber les miettes. Son pas résonne sur le parquet du couloir puis dans l'escalier.

Plusieurs minutes s'écoulent. Il remonte avec une bière. Il atteint le haut de l'escalier, quand il se retrouve face à face avec son collègue qui sort d'un bureau.

– Ben... Tu l'as laissé tout seul ? s'affole-t-il.

L'autre réalise son erreur.

– Oh, pétard ! Il a pas de menottes celui-là !

Ils se précipitent dans la pièce, redoutant de la trouver vide. L'occasion était si belle de s'enfuir !

Mais non. Jérôme Forestier est plus que jamais figé au milieu de la pièce, comme si ses pieds étaient devenus des racines fortement ancrées dans le plancher.

– T'en as pas profité ? demande naïvement celui qui tient la bière à la main. Alors là, t'es vraiment pas ordinaire, toi !

Pour la première fois, le fils du banquier tourne la tête et cingle les deux hommes du regard, puis il hausse franchement les épaules comme pour leur expliquer que, décidément, ils n'ont rien compris.

Les sous-brigadiers poussent un soupir de soulagement et s'essuient le front.

L'un ferme la porte. L'autre s'assied et approche une seconde chaise pour y poser ses pieds. Puis il regarde la boîte de bière, introduit son doigt dans l'anneau du décapsuleur qu'il soulève tout en apostrophant son collègue :

– Eh ! Prends pas la maladie du gamin. Reste pas debout. Installe-toi. Le temps que l'avion arrive et que les collègues ramènent les parents ici, on en a pour un moment.

CHARLOTTE

Encore trois heures à attendre ! Debout dans ce bureau de commissariat, quand on n'a rien d'autre à faire que regarder les murs nus et les uniformes bleus de deux agents, c'est long.

Trois heures à attendre avant que papa ne soit sauvé ! Enfin… peut-être. Pourvu que le stratagème que nous avons mis au point, Charlotte et moi, fonctionne. Pourvu qu'aucun détail ne nous ait échappé !

L'agent qui a dévoré mon sandwich vient de terminer sa bière. Il compulse maintenant un fichier et semble s'ennuyer profondément. L'autre tape sans conviction sur un clavier d'ordinateur.

Finalement, c'est idiot et douloureux de rester debout sans bouger. Je fais le malin depuis un moment, mais je commence vraiment à en avoir plein les pattes, au propre comme au figuré. Allez, une petite concession sinon je sens que je vais craquer. J'exécute un quart de tour, saisis le dossier de la chaise la plus proche et m'assieds. Les deux flics lèvent la tête et j'entends le buveur de bière murmurer :

– Une tête de mule... mais il flanche quand même.

Maintenant, je suis bien installé et j'ai le temps. Alors, je vais tout vous raconter. Tout. Depuis le début.

Donc, imaginez le collège Joseph-Conrad le jour de la rentrée, c'est-à-dire il y a quelques mois. J'ai un trac d'enfer. Normal. J'entre en sixième et, même si j'ai visité le collège en juin dernier avec ma classe de CM2, je me sens petit. Le collège a une autre dimension que mon ancienne école. Plus de mille élèves contre moins de deux cents. En ce jour de rentrée officielle, seuls les sixièmes sont convoqués. Les autres arriveront demain.

Tout le monde est pimpant. Vêtements neufs ou presque. Cartable impeccable. Dans cette masse, j'ai retrouvé quelques copains de CM2. Ensemble, on tente d'oublier notre trouille en rigolant... mais on rit jaune.

Le collège Joseph-Conrad est une boîte en béton blanc des années soixante-dix. Enfin, les murs ne sont plus très blancs parce que des coulées grises marquent le dessous des fenêtres.

En face de l'entrée se trouve le bloc administratif avec le bureau du principal et celui de l'intendant.

Le bâtiment des sixièmes-cinquièmes est à droite et s'élève sur deux étages. À gauche, celui des quatrièmes-troisièmes, de même dimension.

Et puis, de chaque côté, un peu à l'écart, deux autres bâtiments plus petits abritent les salles de sciences et la SEGPA. Enfin, tout à fait au fond, dominant l'ensemble, le gymnase et le terrain de sport.

Il fait soleil. Je ne sais pas si je dois regretter les vacances ou prendre ce beau temps comme un heureux présage pour l'année scolaire qui s'annonce.

La cloche sonne. Nous allons sous le préau où les listes des classes sont affichées. Je trouve enfin mon nom. Je suis en sixième K et je me retrouve seul. Aucun de mes copains de CM2 n'est avec moi.

Je gagne la salle de classe. Je suis parmi les derniers à entrer. Il ne reste que les places du premier rang, juste devant le bureau du prof.

Je m'assieds à côté d'une fille aussi rousse que moi. Elle me jette un coup d'œil et sourit. Elle a des yeux verts, comme moi, mais, en plus, les siens ont un petit éclat que je ne vois jamais dans les miens quand je me regarde dans le miroir de la salle de bains. J'ai peut-être hérité d'une voisine sympa. Enfin, de toute façon, j'ai l'intention de me faire des copains et je changerai de place à la première occasion.

La prof, une jeune femme à lunettes d'une trentaine d'années, nous souhaite la bienvenue, nous explique qu'elle est notre prof principale, puis nous demande de remplir une fiche. Nom, prénom, adresse et tout le tralala. Je m'exécute. Mon stylo tremble un peu. Ma voisine a le geste ferme.

Une élève ramasse les fiches et, prétextant qu'ainsi nous nous connaîtrons plus rapidement, la prof les lit les unes après les autres.

– Jérôme Forestier ?

Je lève la main. Elle me regarde et hoche la tête. Elle ne me demande rien, mais je lis dans ses yeux qu'elle pense : « Ah, oui, le petit Forestier, le fils du banquier. »

Elle semble sur le point d'enchaîner, ce qui me réjouit plutôt. Je n'aime pas être dans le collimateur. Elle dévisage ma voisine avant de revenir à moi.

– Tiens, des jumeaux !

Ma voisine est aussi surprise que moi. Elle hésite, lève le doigt et bredouille :

– Madame, moi, c'est Charlotte Monestier, pas Fo…

Mais la prof n'écoute pas. Elle a repris ma fiche et poursuit :

– Et vous avez la même date de naissance ! Bien sûr…

❖

Dix heures vingt. Nous sortons dans la cour pour l'interclasse. Je ne sais pas trop où aller. Je cherche mes copains de CM2 quand on m'attrape par l'épaule. Je tourne la tête. C'est Charlotte. Elle affiche une mine réjouie.

– Rigolo, hein, cette prof qui nous prend pour des jumeaux. C'est vrai que Forestier et Monestier, à deux lettres près, c'est le même nom de famille… Et puis la date de naissance…

– Tu es vraiment née le premier septembre ?

– Non ! Le premier février.

– Elle a confondu mon 9 et ton 2, alors. Avec ses lunettes…

– Et puis on n'a peut-être pas une écriture très, très… En tout cas, c'est rigolo.

Je la dévisage et renchéris après un court silence :

– C'est vrai qu'on se ressemble.

C'est peu dire. Si elle n'avait pas les cheveux longs et le visage légèrement plus fin que moi, j'aurais l'impression de me regarder dans une glace. C'est d'autant plus criant que nous sommes habillés presque de la même manière : sweat-shirt, jean bleu et Nike noire et blanche. Son sweat est beige, le mien ocre.

– On n'a qu'à laisser croire qu'on est jumeaux. C'est marrant, non ?

Là, je ne sais pas ce qui me prend, mais je me détends et je lui dis sur un ton rieur :

– Pourquoi pas ?

– Alors, il faut qu'on se connaisse un peu mieux. Qu'est-ce qu'ils font tes parents ?

– Ben, ma mère reste à la maison... et mon père...

Je marque une hésitation, j'en marque toujours une lorsque je dévoile le boulot de mon père... parce que, en l'apprenant, les gens semblent soudain prendre une distance qui me blesse un peu chaque fois.

– Mon père travaille dans une banque. C'est un des patrons.

Charlotte ne cille pas. J'enchaîne :

– Et toi ?

– Ma mère aussi est banquière... enfin, elle est secrétaire dans une banque, mais pas celle de ton père.

Petit rire en chœur. Le premier. Ce ne sera pas le dernier.

– Et ton père ?

– Mon beau-père ! Mon père, lui, est mort dans un accident d'avion juste avant ma naissance.

– Oh ! Excuse-moi.

– Tu es tout excusé. Tu ne pouvais pas savoir.

– Alors, ton beau-père ?

– Il s'appelle Alain. Il travaillait chez Beauséjour, la fabrique de pièces auto, tu sais, celle qui a fermé voici quelques mois, et il est au chômage maintenant.

Quand la cloche sonne, je m'aperçois que je n'ai pas vu le temps passer et que les copains de CM2 ne m'ont pas manqué.

– Salut et à demain ! me lance Charlotte en m'envoyant une petite bise du bout des doigts.

Ça me fait tout drôle. Je la regarde partir sur son VTT vert fluo. Ses cheveux flottent au vent et jouent avec les rayons du soleil.

Je me tourne vers le parking après qu'elle a disparu au coin de la rue Christophe-Colomb à la recherche de la Safrane grise de la banque. Papa l'utilise souvent. Dumont, lui, ne la prend jamais. Il se dit sportif et se déplace à vélo. Ah ! La voilà ! Roland est à l'heure. Comme d'habitude. À croire qu'il a avalé un chronomètre le jour de sa naissance.

❖

Roland, c'est le coursier de la banque. Enfin, le coursier, je devrais plutôt dire l'homme à tout faire de mon père et de son associé. Il est près de la retraite et tout le monde l'adore. Il n'a pas son pareil pour résoudre les petits problèmes d'intendance.

Il veille sur le départ du courrier, approvisionne les photocopieurs en toner et en papier, range les clés, répare le distributeur à café, change les ampoules. Roland, c'est l'homme-dépannage de la banque.

Papa et Dumont lui confient même l'attaché-case qui sert au transport des documents ultra-confidentiels. Il en a choisi le code secret… qu'il ne m'a jamais révélé… Oui, tout le monde l'adore. Moi aussi.

Il m'a aperçu et quitte le capot de la voiture sur lequel il était appuyé pour venir vers moi. Arrivé à ma hauteur, il me lance :

– Salut Jérôme ! Bonne journée ? Donne-moi ton sac.

Je refuse net. Roland peine à marcher – il a eu une attaque de polio quand il était enfant.

– Ouais, bonne journée ! Super journée !

Nous sommes maintenant assis dans la voiture. Il tourne la clé de contact. Le moteur se met à ronronner. À peine si on l'entend. J'aime le bruit de cette voiture. Une vraie caresse sonore !

– Alors, raconte…

Je lui parle des cours, de ma classe, de mes premiers contacts avec les profs qui ont plutôt l'air sympa.

– Et ton prof d'histoire, il est comment ?

– Je sais pas. Je ne l'ai pas encore eu.

– J'espère que ce sera un bon prof. L'Empire ottoman, c'est au programme de la sixième ?

Aïe ! Danger. Je dois dévier le tir, sinon j'en ai pour un moment. Roland se passionne pour l'histoire. L'Empire ottoman, c'est son dada. Quand il raconte la bataille de Lépante ou la prise de Chypre aux Turcs par Don Juan d'Autriche, on a l'impression qu'il y est.

– Je ne sais pas. Je me suis fait une copine aussi. Une fille vachement cool. Il nous est arrivé un drôle de truc aujourd'hui. La prof de français, notre prof principale, nous a pris pour des jumeaux.

– Des jumeaux ?

– Ouais ! Mais elle a des excuses : on a presque la même date de naissance et des noms qui ont la même consonance, on était habillés presque pareil et comme on était assis côte à côte et qu'on est aussi roux l'un que l'autre...

Et je lui parle encore de Charlotte.

– Elle est marrante. Elle a une voix superbe. On a décidé de continuer à jouer les jumeaux. On a mangé ensemble au réfectoire. Elle veut être actrice plus tard et suit déjà des cours de théâtre. Elle est fille unique...

La Safrane s'arrête à un feu rouge. Roland me regarde, un sourire aux lèvres.

– Toi, tu es amoureux !

– Eh ! Charlotte est une copine, une simple copine.

– Ça commence souvent comme ça...

Le feu passe au vert. Roland se concentre sur la route. Je me demande un instant si je n'aurais pas dû le laisser parler de la terrible bataille navale de Lépante et du bras que le peintre El Greco y perdit.

SUPPORTERS DE CHOC

Huit mois sont passés.

– Allez l'OR !

L'OR, c'est l'Olympique de Roicy, le club de foot de ma ville, dans la proche banlieue de la capitale. Il joue avec des maillots jaunes. Normal quand on s'appelle l'OR.

Je hurle à m'en abîmer les cordes vocales. Je suis un supporter acharné du club depuis longtemps. En fait, je crois que ma passion remonte au moment où j'ai compris que mon père s'en occupait et que ces matchs le rendaient heureux. Jusqu'à l'an dernier, papa était président de l'OR. C'est lui qui a fait monter le club en ligue 1. De nationale en ligue 1 en quatre ans. Une performance remarquée par tous les journalistes sportifs. Cette année, l'OR espère décrocher un ticket pour une coupe d'Europe. La saison a cependant été assez chaotique et il lui faut encore gagner deux des trois prochains matchs.

– Allez l'OR !

Michel Dumont est à côté de mon père, dans la tribune d'honneur. Il lui a succédé à la présidence du club. J'ai été déçu quand papa m'a appris qu'il abandonnait l'OR. Je le lui ai dit.

– Tu sais, m'a-t-il expliqué, dans la vie, on ne peut pas être partout et il faut parfois faire des choix.

– Je t'aimais bien comme président.

– Cela ne t'empêchera pas de venir voir les matchs.

Notre discussion s'était arrêtée là. À l'époque, je ne voyais vraiment pas dans quoi il voulait se lancer. Maintenant je sais.

– Allez l'OR !

Lécrivain passe à Jimenès qui dribble la défense adverse.

– Là ! Là ! Là ! À droite ! Grousset est démarqué. Passe-la-lui ! Mais passe... Oui !

Grousset pique un sprint. Il rattrape la balle juste avant la ligne de touche. Blocage. Un petit crochet sur le dernier défenseur et centre.

– Ouais ! But !

Held a marqué d'une splendide tête piquée. Juste avant la mi-temps. Idéal. Je suis soulagé parce qu'après un début en fanfare, l'équipe s'est plutôt traînée et j'ai même eu quelques frayeurs.

Si Asklund, le goal, n'était pas dans un bon jour, on aurait déjà au moins deux ou trois ballons de plus au fond de nos filets. Deux à deux, on s'en tire bien pour l'instant.

Un quart d'heure plus tard, je déguste mon Coca tandis que papa et son successeur discutent à côté de moi.

– Si on va en coupe d'Europe, dit Dumont, je peux raisonnablement espérer la présidence de la ligue régionale.

– Ce serait bien, acquiesce papa.

– Seulement, il va falloir renforcer l'équipe. Il faudrait acheter des joueurs… Dès maintenant, histoire d'assurer le coup.

– Des joueurs, c'est cher.

– La banque pourrait faire un petit effort…

– C'est-à-dire ?

– Je ne sais pas, moi. Des facilités de trésorerie…

– Pas question ! Elle fait déjà de très gros sacrifices en sponsorisant l'OR. Impliquer davantage notre affaire pourrait la mettre dans une situation difficile.

Dumont adresse un sourire contrarié à papa. Je me dirige vers la poubelle pour jeter la canette puis je regagne ma place. Dumont se tait, le visage sombre. Le match reprend.

La nuit tombe quand on sort du stade. Dumont nous a quittés en bas des tribunes pour rejoindre les vestiaires. Il y a beaucoup de monde dans l'allée centrale. Nous avançons lentement vers la sortie.

– En ce moment, je ne voudrais pas être à la place des joueurs, me confie papa. À mon avis, Dumont est en train de leur passer un savon. Maintenant, l'OR a le couteau sous la gorge. Nous n'avons plus droit à l'erreur…

– Cinq à deux, quelle raclée ! dis-je.

– On n'a pas été mauvais en première mi-temps, reprend papa, mais les autres ont été très bons pendant tout le match.

– … Et ils ont eu de la chance. Tu as vu, quand le poteau a renvoyé le ballon dans les filets !

Papa sourit. Autour de nous, les spectateurs commentent la défaite. Au milieu d'un groupe de supporters qui arborent bonnets et foulards aux couleurs de l'OR, un homme crie un peu plus fort que les autres :

– Tout ça, c'est à cause de l'entraîneur ! Moi, j'vous l'dis, les gars : nos joueurs sont pas drivés comme des pros.

– T'as raison, Gérard. Vous avez vu en deuxième mi-temps ? Tous essoufflés.

– Ils n'ont pas tenu la distance !

– Grousset, Jimenès, ils sont bons pour la tactique, mais ils sont pas physiques.

– Manque d'entraînement !

– Encore heureux qu'on ait Asklund. Sans lui, on encaissait au moins trois ou quatre buts de plus.

Mon père écoute attentivement les commentaires. Un papy, bousculé, s'agrippe à son bras pour rétablir son équilibre. C'est alors qu'il le reconnaît :

– Ah, monsieur Forestier… Avec vous comme président, on n'a jamais connu de piquette pareille !

– L'autre équipe a été très bonne, tempère papa en lui serrant la main.

– C'est vrai qu'on peut pas être président du foot et faire ce que vous faites en ce moment. Continuez, on votera pour vous.

Les personnes qui accompagnent le vieux monsieur se retournent.

– Oui, bon courage, monsieur Forestier.

– Faut faire ce que vous dites. C'est super pour la ville.

– Y a que vous pour lutter contre le chômage !

– On votera pour vous.

Papa sourit, serre des mains. Au milieu des paroles d'encouragement, un homme lance :

– Vive monsieur le maire !

Papa rit, me prend par le bras, réclame un peu de silence et répond sur le ton de la plaisanterie :

– Vous allez trop vite, pour l'instant, je ne suis que père ! Maire, ça dépend de vous !

Tout le monde rit et applaudit.

❖

Le lendemain matin, j'arrive au collège à la toute dernière minute. La sonnerie retentit quand je franchis le portail d'entrée.

Bâtiment de droite, deuxième étage, salle 27. Je cours, monte les escaliers quatre à quatre. Quand j'arrive, tous les élèves sont déjà assis et la prof s'apprête à fermer la porte.

– Pressons, pressons.

Je jette un rapide coup d'œil sur la classe. Un bras se lève au deuxième rang, le long des fenêtres. Charlotte m'a réservé une place. Je fais un geste pour lui répondre. La prof sourit et, au moment où j'amorce la traversée de la classe, je l'entends murmurer dans le bruissement d'ouvertures de sacs et de trousses, de livres et de classeurs posés sur les tables :

– Heureusement qu'il y a la sœur...

– Salut, me lance Charlotte. Tu es en retard.

– Mon père discutait avec Roland. Ça n'en finissait pas.

– Heureusement que je t'ai gardé une place.

– Merci...

– C'était bien, le match ?

– Bof ! on a pris une piquette…

– Moi, poursuit Charlotte, quand je suis rentrée à la maison, je ne sais pas pourquoi mais j'ai eu envie de parler de toi à maman.

– Tu ne l'avais pas encore fait ?

– Non !

– Remarque, moi, je n'ai jamais parlé de toi à mes parents. Juste une allusion à Roland en début d'année. Et alors, qu'est-ce qu'elle a dit ta mère ?

En point final au brouhaha, il y a l'installation de la prof et le bruit de son classeur bruyamment ouvert sur le bureau. La classe fait silence. Le cours va commencer.

– Je te raconterai à l'interclasse, conclut provisoirement Charlotte à voix basse.

La prof nous parle de Rome. J'aime bien cette période. De temps en temps, je jette un coup d'œil en direction de ma voisine. Comme d'habitude, Charlotte est très studieuse. Elle écoute, note, souligne les titres en rouge. Elle a une belle écriture, très lisible, élégante, un peu ronde. Pas comme la mienne ; à la rentrée c'est mon 9 qui avait une allure de 2. Elle rejette en arrière ses longs cheveux roux qui envahissent la page. Je me perds en rêverie. Charlotte me pousse du coude et me glisse :

– T'as pas noté ce qu'elle vient de dire sur Auguste.

Dès que la sonnerie annonce la fin du cours, Charlotte redevient bavarde. Elle poursuit le récit de sa soirée avec sa mère comme si la leçon n'avait pas interrompu notre conversation :

— J'ai dit à maman que je m'étais fait un copain. Elle était ravie. Je lui ai dit que tu t'appelais Jérôme Forestier, que tu étais roux comme moi, que tu avais plein de taches de rousseur sur le visage et qu'on jouait les jumeaux depuis septembre. Moi, j'avais envie de rire, parce que je trouve ça marrant.

— Elle a dû se demander si tu ne brodais pas un peu.

— Oui... répond-elle, une intonation songeuse dans la voix. Je ne t'ai pas encore raconté le plus drôle. Ah ! d'abord, pour que tu comprennes, il faut que je t'avoue que j'ai une petite manie. Ce n'est pas méchant, mais ce n'est pas très bien. Tu ne le répéteras pas. Promis ?

Je regarde Charlotte en me disant qu'elle m'embarque malgré moi dans des confidences. Ce n'est pas une de ses grandes spécialités, mais ça lui arrive de temps en temps. J'entre dans son jeu.

— Promis...

— Eh bien quand je passe à côté du téléphone, c'est plus fort que moi : il faut que je décroche et que j'appuie sur « Bis ». Comme ça, je sais à qui on a téléphoné en dernier.

Elle prend l'air de quelqu'un qui avoue une faute et qui attend qu'on lui dise que ce n'est pas grave.

– Espionne ! L'espionne aux yeux verts…

Elle doit connaître le livre. Elle rit et s'empresse de poursuivre :

– Après, j'ai goûté et je suis allée dans le bureau. Alain n'était pas encore rentré. Maman préparait le repas dans la cuisine. J'ai travaillé et puis, au bout d'un moment, j'ai décroché et j'ai fait « Bis ». Et devine qui j'ai eu au bout du fil ?

– Je ne sais pas…

– Je te le donne en mille : la banque Dumont et Forestier ! La banque de ton père ! Marrant, non ?

Je ne vois rien de très extraordinaire là-dedans. La banque reçoit des centaines de coups de téléphone chaque jour. Charlotte prend l'attitude d'une standardiste et mime la réponse (elle a un vrai talent de comédienne) :

– « Banque Dumont et Forestier, à votre service. Quel est le nom de votre interlocuteur privilégié ? Allô ? Allô ? »

– Tes parents y ont peut-être un compte, comme des milliers de gens.

– Pas du tout. Ils sont à la BNP.

– Alors, ils ont eu besoin d'un renseignement.

La sonnerie du collège retentit. Nous filons en cours de maths.

Quand je rentre à cinq heures à la maison, papa vient vers moi, m'embrasse et me dit :

– Nous discutons d'un projet très important. Nous n'en aurons plus pour très longtemps.

– T'inquiète pas. Je vais goûter, je ne vous dérangerai pas. Maman n'est pas là ?

– Non. Elle est partie faire des courses. Après, on pourrait se balader à vélo. Tu en as envie ?

– Bien sûr.

Il me passe la main dans les cheveux, m'adresse un clin d'œil complice et regagne le bureau où ses invités continuent à discuter. Au moment de franchir le seuil, il me fait un petit geste de la main. Puis il entre et repousse la porte sans la fermer.

Je pose mon sac sur un fauteuil et vais chercher mon goûter. Puis je m'installe dans le salon et, tout en mangeant, j'ouvre les pages sportives du journal local. J'aime lire les commentaires des journalistes sportifs, surtout quand ils concernent un match que j'ai vu. Au-dessus de l'article qui relate le match de l'OR d'hier, il y a une belle photo d'Asklund qui plonge, les deux mains en avant, et dévie une balle très difficile. On voit les larges gants, les traits crispés du visage, les formidables muscles de ses cuisses. On dirait qu'il plane cinquante centimètres au-dessus de la pelouse. Malheureusement, la légende est assassine :

*Malgré les exploits répétés du goal
en première mi-temps,
l'OR a subi une correction : 5 à 2.*

Les voix des industriels et de mon père me parviennent du bureau voisin.

– … ce projet d'implantation d'un grand complexe médico-industriel dans votre ville… Les laboratoires et toutes les installations liées à la recherche médicale seraient regroupés dans la partie nord du complexe.

Je passe la main sur la pliure du journal. L'article, sur quatre colonnes, ne s'annonce pas tendre si j'en juge par les quelques phrases en gras qui l'introduisent :

L'OLYMPIQUE DE ROICY
DROIT VERS LA PORTE DE SORTIE

Faute de gagner les deux prochains matchs, les chances de l'OR de participer aux coupes internationales tomberont à l'eau. Finis également les espoirs du président Dumont de devenir président de la ligue régionale.

Le suspense n'aura pas dépassé la première période, alors que le but marqué à la huitième minute par Loupy permettait aux très nombreux supporters d'espérer une victoire entrouvrant les portes de la qualification.

Mais la pression des visiteurs a eu rapidement raison de la résistance des joueurs de l'OR. Grousset en petite forme, Jimenès à bout de souffle après trente minutes de jeu (sa récente blessure est peut-être un début d'explication), Lécrivain maladroit et imprécis dans ses passes...

– La partie sud regrouperait les deux bâtiments qui constitueraient l'hôpital proprement dit, avec un module-pilote pour les traitements de pointe.
– À deux pas de la ville, commente mon père, c'est exactement ce qu'il faut. Les malades ne se sentiront pas isolés et la population comprendra petit à petit qu'ils ont besoin de nous tous pour guérir.
– Ici, la pharmacie centrale, directement reliée aux laboratoires. Nous avons également besoin...
– La partie industrielle nécessite une surface d'environ quatre hectares. Deux groupes s'installeraient. Le premier fabriquerait des médicaments, le second du matériel paramédical : fauteuils roulants, mobilier adapté, mais aussi matériel de soins comme des pansements, des champs opératoires, etc.
– Nos deux groupes sont prêts à investir...

Tout allait s'achever en une dizaine de minutes au milieu de la seconde période, quand les visi-

teurs passèrent à la vitesse supérieure, que l'OR fut incapable de suivre. Corner de Ménoyer, Rivière ratisse le ballon au premier poteau pour offrir un « caviar » à Menhouar. 3 à 2. Reprise de jeu. Rivière s'enfonce sur le flanc droit et adresse un centre à son avant, tout heureux de pousser la balle dans les filets au milieu d'une forêt de jambes de l'OR. Nul doute qu'Asklund a eu, à ce moment, beaucoup plus à redouter de ses coéquipiers que de ses adversaires ! 4 à 2.

– Voilà, monsieur Forestier. Un hôpital, un centre de recherche, un complexe de production de médicaments et un ensemble industriel de fabrication de matériel paramédical. Nous savons que l'actuel maire de Roicy est hostile à ce projet.

– Cependant, nous ne vous cachons pas que trois autres villes sont très intéressées et sont disposées à accorder quelques facilités pour que les investisseurs que nous représentons s'installent chez eux. Mille trois cent cinquante emplois potentiels, ce n'est pas rien…

… plus tard, pichenette lobée de Menhouar et Asklund s'incline pour la cinquième fois.

La formation de Roicy est reconnue et appréciée pour son jeu « propre ». Oui, mais cela n'a pas suffi contre une équipe qui possède la rage de vaincre.

Le score de 5 à 2 sonne comme un avertissement aux dirigeants : attention, l'OR a besoin d'un bon bol d'air !

Je referme le journal. Il faudrait vraiment un miracle pour sauver l'aventure européenne de l'OR. Le journaliste a sans doute raison, cette équipe a besoin d'un bol d'air pur. N'est-ce pas ce que voulait dire Dumont quand il parlait d'acheter des joueurs-vedettes à l'étranger ?

TROUBLANTE DÉCOUVERTE

Charlotte me parle de son père mort dans un accident d'avion.

– Je ne sais même pas où c'est arrivé. Au Brésil, je crois ; du moins, c'est ce que maman m'a laissé entendre un jour. Mais je n'ose pas la questionner à ce sujet. Je sens bien qu'elle ne veut pas en parler.

– Elle a sans doute encore beaucoup de peine...

– Ils n'étaient pas mariés.

– Ça n'empêche pas les sentiments !

– Bien sûr, mais je crois plutôt qu'elle ne veut pas dire certaines choses.

– Ah...

– Je n'ai qu'une photo de lui, une petite photo que j'ai trouvée un jour, par hasard, dans un livre de la bibliothèque. Je l'ai prise, je l'ai gardée. Maman ne le sait pas. Enfin, je le pense...

– Comment tu sais que c'est ton père ?

– Au dos de la photo, maman a écrit : « Michel et moi. » Ça ne peut être que lui.

Avec les garçons, les choses me semblent toujours simples. C'est oui ou c'est non. C'est blanc ou c'est noir. Avec Charlotte, j'ai l'impression de fréquenter le monde compliqué des filles. Elle ne veut pas dire qu'elle espionne au téléphone, mais elle le fait quand même. Elle ne sait pas qui est son père, mais elle ne questionne pas franchement sa mère.

Je me demande parfois ce qu'il peut y avoir derrière ce regard vert. Elle s'imagine peut-être que son père était un grand acteur de cinéma, un ministre suédois ou un homme d'affaires blasé qui filait enfin le parfait amour avec une secrétaire. Elle m'observe si fort que j'ai l'impression qu'elle lit dans mes pensées. J'ai soudain peur qu'elle se dise que je suis en train de la trahir quand elle reprend :

– Tu ne me crois pas ?

– Si.

– La photo dont je t'ai parlé, je l'ai apportée aujourd'hui. Si tu me promets de ne jamais rien dire à personne, je te la montre.

Charlotte est très émue.

– Promis...

Elle sourit, plonge sa main dans la poche intérieure de son anorak et en ressort un petit album au fermoir doré. Elle se rapproche de moi et l'ouvre. Plusieurs photos glissées dans des pochettes en plastique passent devant mes yeux. Puis Charlotte ralentit et découvre LA photo. Des mosquées et des dizaines de minarets sur les collines en constituent le fond. Au premier plan, il y a un couple : une femme, belle, assez grande, élégante, serre le bras d'un homme en chemisette bleue et blanche qui porte des lunettes de soleil.

– Je crois qu'elle a été prise à Istanbul, précise Charlotte en pointant le doigt pour désigner son père. Il était beau, tu ne trouves pas ?

Je continue à observer la photo.

– Oui, très...

Je ne termine pas ma phrase. J'en ai le souffle coupé !

❖

Dix-huit heures. J'appuie sur la télécommande. Dans le cadre de la campagne électorale, France 3 organise une série d'émissions pour présenter les candidats à la mairie des villes importantes de la région.

– Il a mis une veste et une cravate bleues, dit maman en s'installant à côté de moi. J'espère que le décor ne sera pas bleu, lui aussi.

– Si l'émission se déroule dans le même studio que les autres émissions électorales, le décor est plutôt jaune.

La musique de la dernière publicité s'éteint. L'émission commence. Papa est assis devant une centaine d'invités qui lui poseront des questions ou réagiront à ses propos. Il sourit. Il a l'air détendu, très à l'aise. La caméra fait un gros plan sur le visage du journaliste qui présente l'émission et dirige les débats :

– Notre invité, ce soir, Michel Forestier. Monsieur Forestier, bonsoir...

– Bonsoir.

– Monsieur Forestier, vous êtes né à Roicy, ville où vous avez toujours vécu et où vous exercez la profession de banquier. Vous êtes marié, vous avez un fils et les habitants de Roicy ont l'habitude de vous voir faire du vélo dans les environs. Vous êtes très populaire, en particulier parce que vous avez été président de l'OR. Vous avez su faire accéder ce club à un niveau très élevé. Vous êtes candidat à la mairie et vous vous opposez au maire sortant...

Papa écoute le journaliste dresser son portrait.

– Vous connaissez le principe de l'émission, poursuit le présentateur. Je vais donner la parole aux invités, des habitants de Roicy. Ils vont vous poser des questions auxquelles je vous demande de répondre avec précision...

Premier intervenant, ajoute le journaliste en consultant une petite fiche, Marc Bénora, directeur d'école.

La caméra cadre un spectateur qui se redresse dans son fauteuil et saisit le micro qu'une assistante lui tend.

– Bonsoir, monsieur Forestier. Vous avez été le dynamique président du club de foot de la ville. C'est bien, mais cela coûte cher. Je crois que le problème numéro un de notre ville, c'est le chômage, pas les loisirs. Serez-vous un maire qui utilisera nos impôts pour favoriser l'emploi ou le foot ?

– Ah la vache ! Il commence fort !

– Calme-toi, Jérôme. Papa va lui répondre, tempère maman.

La caméra revient sur papa. Il sourit et ses yeux pétillent. C'est fou comme la télévision accentue le vert de ses yeux. Ce vert...

– Ma priorité, ce sera l'emploi. Le plus important, c'est que les gens aient du travail. Afin d'avoir un revenu stable et d'être utiles à la société. Mais, au-delà de cette priorité, mon ambition est de faire en sorte qu'on vive bien à Roicy.

– C'est aussi ce que dit le maire sortant, intervient le présentateur.

Papa fait un petit geste de la main, comme pour balayer cette remarque.

– Je défends un projet ambitieux qui se réalisera si je suis maire. Roicy doit favoriser l'implantation d'un complexe hospitalier de pointe qui amènera de nombreux emplois.

– Disons le mot, le coupe un spectateur. Vous voulez faire de Roicy le centre du sida !

Papa se tourne et le regarde.

– Toutes les nouvelles maladies dans un hôpital de pointe. Le sida aujourd'hui, certes, mais pas seulement lui. De nouvelles maladies apparaissent sans cesse. Êtes-vous sûr que vous n'en contracterez pas une, un jour ou l'autre ? Si cela vous arrive, vous serez heureux d'être accueilli dans l'hôpital que je propose.

– Bien joué. Il l'a mouché !

– Un hôpital de pointe, des laboratoires de recherche, une unité de fabrication de médicaments, une fabrique de matériel paramédical, bref un complexe qui permettra de sauver des vies humaines et, j'insiste, apportera mille trois cent cinquante emplois. En protégeant nos malades, en développant la recherche, en créant du travail, on vivra mieux à Roicy.

Après une seconde de silence, plusieurs spectateurs se lèvent et applaudissent.

– Gagné ! ne puis-je m'empêcher de crier.

Papa parle de solidarité. Il tient des propos généreux. Il ne cache pas que la construction de ce complexe exigera de la part des habitants un effort de compréhension, de tolérance.

– J'aime ces mots-là, commente maman. Je suis sûr qu'il est dans le vrai.

– Moi, je voterai pour lui !

– Une prochaine fois, peut-être, sourit-elle.

Le studio lui est acquis. Personne ne le contredit plus. Il expose calmement son projet. Vers la fin de l'émission, il s'adresse au premier invité, celui qui avait parlé du club de foot :

– Monsieur Bénora, je favoriserai quand même le foot, ajoute-t-il d'une voix douce, le foot et tous les autres sports. Voyez-vous, c'est peut-être grâce au foot que le nom de notre ville est connu depuis quelques années et c'est peut-être cette image d'une ville dynamique qui a attiré l'attention des investisseurs.

Le générique de fin apparaît sur l'écran. Les spectateurs se lèvent et applaudissent. Papa a fait un tabac.

Il est rentré vers 20 heures. On a passé une soirée douce. Il était très content de l'émission. Pendant le dîner, il nous a expliqué avec enthousiasme les grandes lignes de son projet de complexe hospitalier.

Maman buvait ses paroles. Sûr qu'elle le voit déjà maire de Roicy.

– Il m'a donné une idée, ce Bénora qui a posé la première question. Finalement, le sport peut très bien rassembler des malades en traitement et des habitants de Roicy. Peut-être pas au rugby, mais au tir à l'arc par exemple…

21 heures 15. Papa travaille dans son bureau. Maman lit. La maison est calme. Je perçois le ronronnement de Zoubi. Zoubi ou Bisou en verlan, c'est mon chat. Il dort sur l'accoudoir du canapé. Maman se tourne vers moi :

– Tu auras du mal à te lever dem…

Mais un coup de frein suivi d'un bruit de ferraille dans la rue lui coupe la parole.

– Ma voiture ! s'écrie maman en bondissant de son siège.

Elle se précipite dehors. Papa sort de son bureau. Je suis en pyjama. Je ne peux pas les suivre. La curiosité me pousse vers le bureau. Je m'approche de la fenêtre. Dehors, un homme fournit des explications. Il pointe son index d'un trottoir à l'autre. La voiture de maman, une Clio blanche, a l'aile et la portière avant endommagées.

À ce moment, quelque chose d'inhabituel attire mon attention. Je viens très souvent dans le bureau de mon père et je le connais par cœur. Par contre, il m'a toujours été refusé de voir l'intérieur du coffre-fort. Ce coffre m'intrigue depuis toujours.

Quand j'étais petit, papa me racontait d'une voix terrifiante qu'il ne pouvait pas l'ouvrir. « C'est là-dedans que j'enferme les loups et les fantômes. » Et il me serrait dans ses bras pour me protéger et m'éloigner de ce repaire à maléfices tandis que je riais à perdre haleine.

Parfois, je m'en approchais sur la pointe des pieds et je posais mon oreille contre la porte. Je croyais entendre la respiration des loups de l'autre côté et, quand je réalisais que leurs dents pointues et leur langue rouge n'étaient qu'à quelques centimètres de mon visage, je me relevais, donnais un fort coup de pied dans la porte et m'échappais sans regarder derrière moi. À d'autres moments, je m'imaginais que ce coffre contenait des trésors fabuleux ou des secrets extraordinaires.

Ce soir, la porte est entrouverte.

Je jette un coup d'œil vers la rue. Papa et maman discutent avec l'homme qui tient des papiers d'une main et un stylo bille de l'autre. J'hésite. Tant pis… Je me baisse à la manière des Indiens, glisse ma main vers la porte blindée et la tire doucement. Les étagères du coffre-fort apparaissent. L'idée que des loups pourraient jaillir et se jeter sur moi m'effraye un instant. Mais c'est idiot. Je ne crois plus à ce genre de bêtise depuis des années.

Pas de piles de billets comme dans les films, mais des dossiers. Une boîte est ouverte. Au moment de sortir du bureau, papa devait être en train de la ranger. Elle contient trois liasses de virements effectués en faveur de… Claire Monestier. Sur chaque bordereau est écrit « Pour Charlotte ». Je reconnais l'écriture de papa.

Je parcours les deux autres liasses. Le dernier reçu, classé sous le troisième paquet, retient mon attention : il est daté du jour de la naissance de Charlotte.

Le portillon de fer du jardin grince et m'arrache à mes recherches. Je remets précipitamment les liasses à leur place et repousse la porte du coffre. Après quoi, je sors du bureau, toujours à la manière d'un Indien.

Il était temps. Ils entrent dans la maison.

LE JEU DEVIENT RÉALITÉ

Mon sommeil, cette nuit, a été troublé. Je n'ai pas cessé de penser aux événements de la veille. La photo que m'a montrée Charlotte se transformait en poster fantomatique. Parfois, l'homme grimaçait. Parfois, il dévorait les reçus qu'il avalait dans un écœurant bruit de déglutition. J'ai vu les loups sortir du coffre et je ne parvenais pas à savoir s'ils étaient amis ou ennemis.

Je me suis réveillé en sursaut à plusieurs reprises, le corps moite, avec une affreuse envie de vomir.

Une vérité aussi probable qu'incroyable me perturbe profondément et la fraîcheur du matin me transperce sans vraiment me remettre d'aplomb.

Charlotte m'accueille avec un grand sourire. Elle est déjà arrivée au collège alors que Roland m'a plutôt amené en avance. Il était pressé, car il devait réparer d'urgence une photocopieuse capricieuse.

– Salut Jérôme !

Elle se penche vers moi et me fait les deux bises habituelles. Pourtant, ce matin, rien n'est plus comme avant, mais elle l'ignore encore. Le poids est trop lourd. Je devrais tout lui dire immédiatement, mais je n'ose pas.

– J'ai vu ton père hier soir à la télé. Super ! Ça fait tout de même drôle de voir le père de son meilleur copain sur le petit écran. Tu sais, tu lui ressembles énormément !

Je suis sur le point de lâcher « et toi donc », mais les mots s'empêtrent dans ma gorge. Charlotte continue sur sa lancée :

– J'ai voulu que maman le regarde aussi, mais elle avait un dossier urgent à examiner. Elle n'a même pas jeté un œil à l'écran. Comme si voir le père de mon copain Jérôme à la télé n'était pas une urgence absolue ! Quand je pense que je suis la copine du fils d'une vedette de la télé et du futur maire de Roicy ! Ouah !

Charlotte aime jouer sur le fil de l'humour quand une situation l'impressionne ou la flatte un peu. D'habitude, j'entre dans son jeu.

Elle éclate de son rire léger qui me fait presque mal aujourd'hui. Enfin, tout à coup, c'est plus fort que moi, je glisse ma main au fond de ma poche et en sors une photo.

– Qu'est-ce que c'est ? chante Charlotte sans se départir de sa gaieté.

Je la lui donne sans rien dire. Elle la prend et, peu à peu, la gravité envahit son visage. Ses pommettes pâlissent. Deux plis tirent le coin de ses lèvres vers le bas.

– Qu'est-ce que c'est ?
– Tu le vois bien : une photo.
– Mais… l'homme. On dirait…

Elle se baisse, extrait son album de son cartable et l'ouvre sur la petite photo de son père d'une main que je devine hésitante.

Elle compare maintenant les deux clichés. Le sien, celui où il y a ses parents en vacances à Istanbul. Le mien où mes parents posent sur une plage des îles Chausey. Mon père me tient dans ses bras.

– C'est… Ton père a un frère ? bafouille Charlotte, la voix fragile. Ou alors un sosie. Ça expliquerait qu'on se ressemble tant. N'est-ce pas qu'on se ressemble ?

– Charlotte, il faut que je te dise tout…

❖

Je lui ai tout dit, mais ça n'a pas été facile, loin s'en faut. D'abord, je ne savais pas par où commencer et puis j'ai raconté l'accident avec la voiture de maman. Cela m'a permis d'en venir aux choses sérieuses :

– Je rêvais de sortir pour voir de près ce qui se passait mais, comme j'étais en pyjama, je suis allé regarder par la fenêtre du bureau de mon père. J'ai vu que son coffre-fort était ouvert.

– Ouah ! Tu as dû mettre la main sur une fortune.

Charlotte avait soudain retrouvé sa gaieté mais j'avais l'impression qu'elle se forçait. Moi, je n'avais pas du tout le cœur à rire. J'ai prétexté une bousculade de copains pour marquer une petite pause et puiser un peu de courage tout au fond de moi. Le brouhaha des débuts de matinée au collège nous enveloppait, nous isolait dans notre bulle. Je me suis alors lancé :

– J'ai... J'ai découvert un trésor, mais pas celui que tu crois. Enfin, je dis un trésor, mais je ne suis pas sûr que ça en soit un.

– Tu en fais des mystères. Accélère un peu sinon la sonnerie va t'interrompre.

– J'ai... J'ai trouvé une pile de bordereaux. Tous étaient adressés à... Claire Monestier et mon père avait rajouté à chaque fois : « Pour Charlotte ».

Le regard de ma copine, de ma sœur (à cet instant, je n'osais pas me décider), a viré au gris-vert. Ses doigts s'étaient crispés sur les clichés.

– Qu'est-ce que tu racontes ?

Sa voix tremblait. La réalité qui se dessinait l'effrayait peut-être aussi.

– La vérité, Charlotte ! Ta photo m'a déjà drôlement troublé hier. Ton père ressemble tant au mien. Je n'aurais peut-être pas essayé d'en savoir davantage s'il n'y avait pas eu cet accident et la découverte des bordereaux.

– C'est vrai qu'on se ressemble au point que la prof principale nous a pris pour des jumeaux au début de l'année scolaire. Même couleur de cheveux, même peau blanche parsemée de taches de rousseur, des yeux verts... Alors...

Charlotte en avait tiré la même conclusion que moi. J'avais formulé ce qu'elle n'arrivait pas à dire :

– Alors, comme papa n'a jamais eu de frère et qu'un sosie est bien improbable, on est sans doute demi-sœur et demi-frère ! La prof était près de la vérité. Quatre-vingts pour cent de chances au moins.

La Safrane me ramène à la maison dans son presque silence. Elle se glisse dans la circulation déjà intense, sans même que j'y prête attention. Je n'ai d'ailleurs pas été attentif de la journée. Cela m'a valu un rappel à l'ordre.

Comme c'était la première fois que le prof me surprenait à ne pas écouter le cours, il s'est montré indulgent. Charlotte, du reste, n'écoutait pas davantage que moi.

Un feu rouge arrête la voiture. J'en profite pour questionner Roland.

– Tu travailles à la banque depuis combien de temps ?

Le feu passe au vert. Roland enclenche la vitesse et la voiture redémarre.

– Depuis le début. Je suis la première personne que ton père et Dumont aient embauchée.

– Alors tu connais tous les employés !

– La banque a bien grandi depuis sa création. Il y a pas mal de monde aujourd'hui, mais mon boulot m'amène à travailler dans tous les services, alors ça crée des liens.

– Les gens d'aujourd'hui, ça, je me doute, mais ceux qui sont partis il y a longtemps ?

– Je me rappelle quelques-uns, mais pas tous. Par exemple, je me souviens de Mollet, le premier agent de sécurité. Une brute qui ne savait pas faire grand-chose. Heureusement, il n'est pas resté longtemps chez nous, il a été vite remplacé par Ménardier qui est sympa et efficace.

Nous continuons nos sauts de puce d'un feu à l'autre. Roland me débite au moins une dizaine de noms accompagnés des qualités et défauts de leurs propriétaires. Il n'y a que des hommes dans sa liste. Aucune femme. Alors, comme je vois notre destination se rapprocher, je me risque :

— Et les secrétaires, tu les connaissais ?

— Évidemment ! Par exemple, je me rappelle une jeune femme qui était la secrétaire des patrons. Elle s'appelait Claire Monestier.

Je me retiens de ne pas hurler et ne montre aucune réaction pour ne pas éveiller ses soupçons.

— Elle était sympathique. Compétente, et jolie en plus. J'ai regretté son départ.

— Elle est partie quand ?

— Je ne sais plus vraiment. Ça commence à faire un bail, une dizaine d'années, peut-être plus. Je ne sais même plus pourquoi elle a quitté la banque. Sans doute avait-elle trouvé une meilleure place ailleurs...

La Safrane se gare. Pour moi, il n'y a plus aucun doute, Charlotte et moi sommes vraiment demi-sœur et demi-frère. Je ne sais pas si je dois m'en réjouir. D'un côté, je gagne une sœur avec qui je m'entends formidablement bien, d'un autre, je perds une copine et, surtout, l'image de papa en prend un sérieux coup. Elle me paraît soudain beaucoup plus floue.

Le lendemain, Charlotte et moi ne nous retrouvons qu'à la récréation de 10 heures. Pour la première fois de l'année, elle est arrivée en retard ce matin. Nous marchons lentement dans la cour. Nous nous dirigeons vers le banc qui trône au milieu de la cour, sous les tilleuls. Je m'assieds à côté d'elle. Elle me regarde. Un éclat étrange baigne ses yeux. Je ne parviens pas à deviner si elle est heureuse ou pas.

– Tu sais, j'ai si souvent pensé à mon père disparu que je n'ose pas croire à ce qui m'arrive. Tout ce que tu m'as dit hier m'a terriblement secouée...

– Moi aussi !

– Quand je suis rentrée à la maison, j'ai cherché des indices. Comme je n'osais pas interroger maman, j'ai fouiné un peu partout. Alain tirait son C.V. sur l'ordinateur pour compléter de nouveaux dossiers de demande d'emploi. Quand il a laissé la place, j'ai eu l'idée de chercher dans cette fichue machine. Je me suis discrètement glissée dans le bureau. J'ai mis le P.C. en marche et je me suis baladée dans les dossiers. J'ai bientôt trouvé le C.V. de maman. Je l'ai lu...

Charlotte aspire une grande bouffée d'air. Elle maîtrise mal son émotion. Je ne sais plus comment l'aider. Alors j'attends. Après un dernier effort, elle prononce les mots que je guettais, peut-être même que je redoutais :

– Ma mère a travaillé à la banque Dumont et Forestier comme secrétaire de direction. Elle y est restée quatre ans.
– Ça confirme ce que Roland m'a dit.
– Ah! Parce que Roland se souvient d'elle?
– Il se rappelle juste qu'elle était jolie et compétente. Elle est partie quand?
– L'année qui a précédé ma naissance…
Le jeu des jumeaux devient réalité.

LA MACHINATION

À dix-huit heures, j'ai fini mes devoirs et je suis cramponné à la poignée de ma console. Je pilote une Ferrari F40 et roule à toute allure sur une spéciale du rallye de Monte-Carlo. Les images de synthèse défilent sur l'écran. Je ne suis plus qu'à quelques centaines de mètres de l'arrivée en haut du col du Turini. Super ! Je vais sans doute battre mon record. Tout à coup, la sonnerie du téléphone retentit... et ma voiture vole dans le décor.

Quelques instants et un chapelet de jurons plus tard, je décroche :

– Allô, Jérôme ? C'est toi ?
– Non ! C'est le fils du père Noël.
– Arrête ! Ce n'est pas le moment de plaisanter.

La voix de Charlotte vibre étrangement. Je la devine affolée. J'oublie ma partie interrompue.

– Qu'est-ce qui t'arrive ?

– Je ne peux pas t'expliquer au téléphone. Viens tout de suite à la maison !

Et elle m'indique le chemin à prendre.

Quelques instants plus tard, je passe à toute allure devant ma mère figée de surprise.

– Où cours-tu comme ça ?

– Chez un copain, je n'arrive pas à faire un exercice de maths. Il va m'aider…

Je n'attends pas son assentiment et je rejoins le garage d'où je sors mon vélo que j'enfourche aussitôt.

Un quart d'heure plus tard, je suis dans la chambre de Charlotte et j'ai la curieuse impression d'entrer presque par effraction dans sa vie. Voici encore deux jours, elle n'était qu'une copine et je n'avais jamais mis les pieds chez elle. Maintenant, elle est ma demi-sœur. Mon existence tranquille de fils unique est bouleversée…

Le domaine de Charlotte me plaît. Je découvre une chambre au papier blanc parsemé de photos d'acteurs et d'actrices. Le lit est recouvert d'une couette bleue peuplée de goélands. Sur le bureau trône un ordinateur.

– On sera plus tranquilles ici. Maman va bientôt arriver et je ne veux pas qu'elle entende ce que j'ai à te dire.

Je décroche mon regard du décor et le plonge dans celui de Charlotte. Un éclat inhabituel trouble l'eau verte de ses yeux.

– Qu'est-ce qui se passe ?

– Depuis que je sais mon père vivant, je ne rêve plus que de le voir en chair et en os. Alors, après le cours de gym, à 16 heures, je me suis précipitée ici pour poser mon sac et je suis allée à la banque. Je sais, c'est idiot, mais je n'ai pas pu résister. J'y suis entrée comme si de rien n'était. Pourtant, j'avais le cœur qui battait à cent à l'heure. Personne ne m'a rien demandé. J'ai rapidement repéré les bureaux de la direction. La secrétaire était sortie, alors je me suis faufilée dans « son » bureau (elle n'ose pas dire « le bureau de papa »). Vide. J'étais déçue. Une autre porte de communication était ouverte. J'ignore ce qui m'a pris, mais je l'ai franchie.

– Et tu es arrivée dans le bureau de Dumont !

– Je ne le savais pas encore et j'en faisais le tour quand, tout à coup, la porte principale s'est ouverte. Je me suis précipitée derrière le canapé. J'en étais à me demander ce que j'allais bien trouver comme explication pour justifier ma présence quand j'ai entendu : « Fermez aussi la porte de communication, Bivault. Il n'est pas là, mais je n'ai pas du tout envie qu'une oreille indiscrète entende ne serait-ce qu'une bribe de notre conversation. » Bivault a répondu : « Vous avez raison, monsieur Dumont. Ce serait plus que regrettable... » Jusqu'à cet instant, j'avais seulement peur. Là, je me suis retrouvée au bord de la panique...

– Bivault et Dumont ensemble. Ça leur arrive plusieurs fois par jour. Il n'y a pas de quoi paniquer.

– Oh si ! Et la suite de leur conversation l'a montré.

– Les histoires de banque ne sont pas si terribles.

– Là, ils ont parlé banque et foot.

– Rien d'étonnant. Bivault est trésorier de l'OR.

– Dumont s'est installé à son bureau et Bivault s'est assis face à lui. Dumont a d'abord parlé d'un certain M. Alexis qu'il avait appelé depuis une cabine publique de la gare. Il a dit que cet Alexis s'impatientait, qu'il menaçait de tout révéler à la mi-temps du prochain match s'ils ne fournissaient pas le pactole dans les quarante-huit heures.

– Qu'est-ce que c'est que cette histoire ?

– Attends ! Tu vas voir. Dumont a d'abord dit que débloquer une telle somme en si peu de temps n'était pas évident. Apparemment, ils avaient promis cet argent pour la semaine dernière et M. Alexis s'impatientait vraiment. Dumont a alors parlé de ton père.

– « Notre » père !

– Oui ! Dumont aurait déjà essayé de lui dire qu'il fallait mettre la main à la poche, acheter des joueurs à l'étranger…

– Il me semble me rappeler de ça, l'autre soir, à la mi-temps !

– Possible ! Et comme il refuse, ils sont bien embêtés… Surtout que ce qu'ils veulent vraiment est bien pire et illégal. Ils ont ensuite parlé de caisse noire trop juste. Je n'ai pas tout retenu, mais je me souviens parfaitement de la somme à trouver : un million d'euros !

– Un million ! Tu es sûre ? C'est énorme. De quoi s'acheter quatre ou cinq Rolls ou Ferrari…

– Avant, apparemment, il leur en fallait moins mais monsieur Alexis aurait justifié cette augmentation en disant que ses joueurs étaient de plus en plus inquiets.

– Les joueurs ! Quels joueurs ? Sois plus claire.

– Ceux d'une équipe adverse à acheter. Si j'ai bien compris, il doit s'agir des prochains adversaires de l'OR qu'il faut payer pour qu'ils jouent mal.

L'affaire est incroyable. Je m'exclame :

– C'est impossible !

– Hélas si, je t'assure…

– Ah, les tricheurs ! On n'a pas le droit de truquer les matchs…

❖

Je rentre à la maison. Je revois encore Claire Monestier lorsque je l'ai croisée sur le seuil de sa porte et que Charlotte nous a présentés. J'étais très mal à l'aise.

Pour aller chez les Monestier, c'est bien car on descend presque tout le temps mais, pour rentrer à la maison, il faut grimper la côte d'Andillon, la plus pentue de la région. L'obstacle me vide l'esprit et je me concentre sur l'effort à accomplir. Je me mets en danseuse, balance mon vélo d'un côté sur l'autre, exploitant mon poids au maximum pour augmenter la poussée sur les pédales.

Un million d'euros pour acheter les joueurs adverses. Ça me révolte... mais ce n'est pourtant pas le pire.

Charlotte et moi avons reconstitué le montage : Dumont veut absolument que son équipe participe à une coupe d'Europe, condition impérieuse pour qu'il devienne président de la ligue régionale. Il lui reste une seule chance : que l'OR remporte ses deux prochains matchs. Le dernier ne devrait pas poser de problème car le club de ma ville va affronter la plus mauvaise équipe du championnat, déjà sûre d'être reléguée, mais, pour l'avant-dernier, c'est une autre histoire. Trouver alors qui se cache sous le pseudonyme de M. Alexis est facile. Il s'agit d'Alexandre Spanic, l'entraîneur de l'équipe d'une ville du Nord qui rencontrera l'OR dans quelques jours. Pour être absolument sûr du résultat, Dumont veut acheter les joueurs adverses.

Un million ! Dumont et le caissier général prétendent seulement emprunter cette somme pendant une ou deux semaines à la banque, en toute discrétion, sans que personne ne s'en aperçoive, mais comment pourront-ils la remettre ?

L'opération est malhonnête. En plus, Dumont et son complice veulent mouiller papa dans cette affaire. D'abord à son insu afin qu'il ne flaire pas l'embrouille…

Bivault a découvert l'existence de Charlotte après avoir mené une enquête. Il sait tout, même que Charlotte est née sept mois jour pour jour avant moi. Ils sont persuadés de tenir papa : parler de cette enfant naturelle à la presse en pleine campagne électorale détruirait sa bonne réputation et l'éliminerait à coup sûr.

Dumont exultait. Le sale type ! Il a même proposé à Bivault de lui offrir sa place de président de l'OR quand il sera devenu celui de la ligue régionale.

Malgré le calme de ma chambre et le rythme régulier de mon réveil rococo, je suis inquiet. Il faut que je trouve une nouvelle excuse pour sortir vers 20 heures 15.

D'après Charlotte, Bivault doit prendre l'argent dans les coffres de la banque ce soir !

Dumont, Bivault et papa détiennent chacun une carte et un code et on ne peut ouvrir le coffre qu'avec les trois cartes et les trois codes en même temps. Il leur arrive parfois de se les passer, quand l'un d'entre eux a un empêchement. Papa a une importante réunion électorale à laquelle il doit obligatoirement participer. Il ne rentre même pas à la maison pour manger.

Si tout se déroule comme prévu, Bivault lui empruntera sa carte pour une raison ou pour une autre. La remise de la somme pourra s'effectuer demain ou après-demain. Dumont téléphonera à M. Alexis vers 20 heures 30 pour lui annoncer la bonne nouvelle.

Charlotte et moi pensons qu'il le fera depuis une cabine téléphonique de la gare, comme cet après-midi. Il faut absolument que nous y soyons.

LES MENACES SE PRÉCISENT

L'essentiel était de passer inaperçus. On a d'abord envisagé de se déguiser en petits vieux, puis l'imagination de Charlotte a dérapé et elle a proposé qu'on se transforme en deux fillettes allant prendre le train, sagement vêtues de jupes écossaises, en livreurs de pizzas ou en laveurs de voitures.

– Arrête, lui ai-je dit. Si tu veux qu'on se fasse repérer, pourquoi pas en émir arabe ou en danseuse brésilienne.

J'ai cru qu'elle allait se vexer, mais pas du tout. Elle m'a souri :

– Tu as raison. Ce qu'il nous faut, c'est un déguisement qui nous permette de nous approcher de Dumont sans être repérés. Enfin, toi surtout, parce qu'il te connaît bien.

Le tout était de trouver l'idée géniale.

Nous voilà devant la gare, équipés comme des champions de roller : casques, lunettes fluo, larges tee-shirts, gants et genouillères par-dessus le jean. La panoplie complète. Bien malin celui qui nous reconnaîtrait. D'autant que, chaque soir, la place de la gare se transforme en « rollerdrome » et que nous sommes une bonne douzaine à nous élancer, penchés en avant comme des patineurs sur un anneau de vitesse.

– Il n'est toujours pas là, me lance Charlotte en me doublant.

Je jette un coup d'œil vers les cabines téléphoniques près de l'arrêt des bus, puis, à l'opposé, vers celles qui font face à la brasserie du Départ. Dumont n'est pas là. La grande horloge de la gare indique 20 heures 26.

– Il va venir. On continue à tourner en attendant.

À chaque passage, Charlotte écarte désespérément les bras. Sous son casque vert et ses lunettes rouges, impossible de la reconnaître. Soudain, elle vire et me rejoint.

– Bravo ! T'es douée pour...
– Regarde !

Je tourne la tête. Dumont gare son vélo à l'arrière d'un abribus. Puis, comme nous l'avions prévu, il se dirige vers une cabine téléphonique.

– On y va !

En quelques poussées, on est près des téléphones. Dumont compose un numéro. L'une des portes de la cabine est restée ouverte. Charlotte freine brutalement, fait semblant de perdre l'équilibre, s'arrête et s'assied sur le bord du trottoir. Puis elle examine avec attention les roulettes de son roller gauche. Je m'arrête près d'elle et je m'assieds à mon tour, juste devant la porte.

– Je dispose de la somme que vous demandez. Tout est O.K. Vous pouvez préparer vos joueurs... D'accord. Je comprends. Ils veulent d'abord l'argent. C'est correct. Qui vient en prendre livraison ? Comment cela, qu'on vous l'apporte à Bruxelles ? Mais, pour nous aussi, c'est très risqué ! Vous croyez que je peux m'absenter de la banque pendant une journée ? Tous les risques sont de notre côté... Vous ne me laissez pas le choix.

Charlotte déchausse son roller. Dumont nous a jeté un coup d'œil, mais nous n'avons pas éveillé ses soupçons. Je risque un regard vers lui. Il pince la bouche et ses doigts nerveux frottent le petit cadran.

– D'accord, d'accord. Je vous envoie la mallette. Je vous rappelle pour vous préciser le rendez-vous.

Il bredouille un « Au revoir » et raccroche.

Il n'est pas content. Il arrache la carte de la fente de l'appareil et la claque plusieurs fois sur le dos de sa main. Il pousse la porte restée fermée, puis il se ravise, réintroduit la carte dans l'appareil.

Charlotte enfile son roller, se redresse et patine sur place comme pour vérifier le fonctionnement des roulettes. Dumont compose un autre numéro. Il se frotte nerveusement le lobe de l'oreille.

– Bivault ? J'avais peur de ne pas vous avoir. Il y a un problème. Il faut qu'on se voie. Oui, tout de suite. Je ne peux pas vous expliquer au téléphone. Il faut qu'on trouve une solution, ce soir, sinon...

Charlotte enlève à nouveau son roller. Et je rejoue les mécaniciens tout en écoutant. Une mobylette démarre bruyamment. Je redoute de perdre des éléments importants de la conversation.

Mais non. Dumont aussi a été gêné par la pétarade. Il met la main sur son oreille gauche et fait répéter son interlocuteur.

– Comment ? Oui... à la gare. Je vous attends à la brasserie du *Départ*. Il y a toujours du monde. On passera inaperçus.

Dumont raccroche, fouille dans ses poches, sort un paquet de cigarettes, en saisit une et l'allume en quittant la cabine. Il regarde autour de lui, puis se dirige vers son vélo.

Un groupe de jeunes le croise à toute vitesse. Nous nous élançons derrière eux. Dumont n'a pas fait attention à nous.

– Si j'ai bien compris, me glisse Charlotte en m'agrippant le bras, Alexis ne veut pas prendre le risque de se faire pincer avec l'argent. Il faut qu'on le lui livre près de chez lui.

– Exact, sauf que, près de chez lui, c'est Bruxelles et que Dumont ne peut pas y aller lui-même.

– Il va envoyer Bivault.

– Il n'acceptera pas. Le risque est trop grand. Un million d'euros, c'est une fortune.

Quand le tour de la place est bouclé, nous repassons à proximité de l'arrêt des bus. Dumont achève de cadenasser son vélo à un poteau puis, faussement décontracté, en envoyant de grosses bouffées de fumée en l'air, il se dirige vers la brasserie du *Départ*.

❖

Si, dans la rue, la panoplie du parfait professionnel de roller était idéale pour ne pas attirer l'attention de Dumont, dans la brasserie notre accoutrement nous signalerait autant que si nous avions un gyrophare sur la tête.

– Il faut laisser les casques, les lunettes et tout notre bazar dans un coin discret, décide Charlotte.

– Sans casque ni lunettes, il va me reconnaître.

– Moi, il ne me connaît pas, rétorque-t-elle. Tu vois la vieille dame installée à la table voisine de celle de Dumont, eh bien je vais m'asseoir à côté d'elle et engager la conversation.

La vieille dame porte un ravissant chapeau. Elle tourne une petite cuillère dans une tasse. Sur la table, il y a une théière et un minuscule pot à lait. Sans doute attend-elle un train.

– Toi, tu gardes les rollers et tout le matériel.

Charlotte sort de son petit sac à dos un béret vert et un tee-shirt blanc. Elle passe le tee-shirt, puis roule habilement sa longue chevelure et l'enfourne dans le béret. Enfin, elle saisit une paire de lunettes de fillette bien sage qu'elle ajuste avec soin.

– Je ne les porte plus depuis l'année dernière, mais je les ai gardées en souvenir.

Même si nous nous ressemblons, Dumont aura du mal à faire le rapprochement.

Bivault a rejoint Dumont depuis plus de vingt minutes. Dès que Charlotte m'a quitté, j'ai regroupé toutes nos affaires et je suis allé dans le hall de la gare.

J'attends. Je trouve le temps très long. Que se passe-t-il dans la brasserie du *Départ* ?

Des gens entrent dans la gare. Puis, quand un train arrive, j'ai l'impression que les mêmes déferlent en sens inverse.

Je regarde la grande horloge : 21 heures 14. Qu'est-ce que je vais raconter à maman en rentrant ? Elle va s'inquiéter.

J'observe les gens qui s'énervent autour de la machine à billets. Un monsieur s'y reprend plusieurs fois, puis annule tout et se dirige vers un guichet. Un SDF dort dans la salle d'attente, allongé sur trois sièges.

❖

Charlotte fait irruption dans le hall à 21 heures 22, passablement excitée.

– Alors ?

– Un vrai salaud ce Bivault ! Comment ton père a-t-il pu embaucher un type pareil ?

– … notre père…

– Oui, notre père. Eh bien, notre père, si ça continue, il va se retrouver dans une mélasse pas possible. Parce que c'est lui qui va porter l'argent à Bruxelles !

Charlotte parle vite. Je ne comprends pas ce que Dumont et Bivault ont manigancé. Je lui prends la main.

– Calme-toi. Raconte en commençant par le début.

Elle enlève ses lunettes, puis ôte son béret. Ses cheveux se répandent sur ses épaules.

– D'accord. Mais tu vas voir, c'est gratiné.

– Ils ne t'ont pas repérée ?

– Non… La vieille dame a été super. J'avais peur que son train arrive. J'aurais été obligée de la suivre, mais…

– Et Dumont ?

– Il a expliqué à Bivault que les Nordistes ne voulaient pas venir chercher le pactole et qu'il fallait dare-dare trouver un convoyeur pour porter l'argent à Bruxelles, un convoyeur qui ne se douterait de rien.

Les yeux de Charlotte brillent tant elle est excitée.

– Bivault l'a laissé parler. Puis il a dégusté sa bière à petites gorgées en souriant. Il énervait Dumont. Au bout d'un moment qui m'a semblé très long, il a dit qu'il fallait envoyer Forestier, que c'était la personne idéale. En plus, au cas où il se ferait pincer ou s'ils se trouvent dans l'incapacité de restituer l'argent à la banque, Dumont pourra toujours l'accuser d'avoir détourné ce million pour financer sa campagne électorale.

– Ah ! Le pourri !

– Dumont s'est frotté les mains. Demain matin, il suggérera à ton père…

– … Notre père…

– … à notre père… d'aller à Bruxelles jeudi pour représenter la banque dans une assemblée générale d'actionnaires belges. Au passage, il lui demandera le petit service de remettre à un correspondant une mallette bourrée d'archives. En fait, la mallette contiendra l'argent pour Alexis et ses joueurs. Dans tous les cas, Dumont et Bivault ne prennent pas de risques.

Je me demande si le mieux ne serait pas de tout avouer à papa. Et puis non, sans preuve tangible, impossible de coincer ces deux hommes. Mes yeux se portent soudain sur la grande horloge du hall : il est 21 heures 33 et je réalise que le retour à la maison va sans doute poser problème.

L'ÉCHANGE

Une fois de plus, j'ai l'impression d'avoir dormi en pointillé. Aujourd'hui, c'est mercredi. Je traîne un peu au lit en essayant de remettre mes idées en ordre. Mais c'est comme si un jeune chien avait joué avec le puzzle de mon esprit : toutes les pièces sont dispersées. Ce que nous avons entendu près de la cabine téléphonique ou dans la brasserie n'est-il pas une mauvaise farce ? Après tout, M. Dumont est aussi l'un des patrons de la banque. C'est un homme respecté dans la ville et mon père l'a choisi pour associé.

Est-il possible qu'il soit aussi malhonnête ? Est-il pensable que son désir de devenir président de la ligue régionale de football pousse à une telle trahison ?

En bas, j'entends maman. Je ne suis pas très pressé de me retrouver en face d'elle. Hier soir, j'ai bredouillé une vague histoire de rollers cassés et je redoute qu'elle ne me pose des questions.

Vers dix heures, maman frappe à ma porte :
– Lève-toi, Jérôme. Roland va passer te chercher pour t'emmener à la banque. Ça t'évitera de t'ennuyer ici...

※

– Bonjour mon grand, dit papa quand j'entre dans son bureau. Viens donc m'embrasser. J'avais une réunion électorale hier soir et tu dormais quand je suis rentré. Comment vas-tu ?

Je m'approche et l'embrasse. Il sent bon. Il change souvent d'eau de toilette, mais celle-ci, je la reconnais, c'est *Savane*.

– Ça va...
– Tu n'as pas l'air très enthousiaste. Tu as des problèmes au collège, avec tes copains ?
– Non, non, rien.
– Tu trouves que je ne suis pas souvent à la maison ?
– Un peu...
– Dimanche matin, je te promets qu'on prendra les vélos et qu'on fera un petit tour. La vallée de l'Avraie ? D'accord ?

– D'accord.

Il tend la main. Je frappe dedans.

– Une campagne électorale, cela dévore le temps, explique-t-il avec du regret dans la voix. Je ne suis pas souvent avec vous en ce moment mais, dans un mois, tout sera fini : ou bien je ne serai pas élu et, dans ce cas, j'aurai du temps libre. Ou bien je serai maire et alors, je te promets de m'organiser pour qu'on soit ensemble aussi souvent que possible.

Je regarde papa, et je pense à Charlotte. Pourquoi n'a-t-il jamais essayé de la rencontrer ? Pourtant, il ne se désintéresse pas d'elle. Maman est-elle au courant ? Sans doute, sinon les bordereaux ne seraient pas à la maison. Le coffre ne lui est pas interdit. Papa revoit-il la mère de Charlotte ?

– Tu sais, si je veux que mon projet d'implantation d'un complexe avec hôpital voie le jour, il faut que je remporte les élections, puisque le maire actuel est...

On frappe à la porte. Dumont pointe le bout de son nez.

– Je peux ?

– Entre ! Tu ne me déranges jamais, répond aimablement mon père.

– J'ai un petit problème, annonce Dumont, un sourire mielleux sur les lèvres. J'imagine que ton emploi du temps de demain est assez chargé ?

Papa penche la tête. Il a compris.

– Toi, tu as encore pris un engagement que tu ne peux pas tenir.

– Exact, répond Dumont en écartant les bras. Mais ce n'est pas ma faute.

– Un « impondérable », sourit papa.

– Ne te moque pas. Oui, c'est un impondérable. Un vrai.

Papa se cale dans son fauteuil.

– Voilà, poursuit Dumont en s'asseyant. Demain, à Bruxelles, il y a l'assemblée générale des actionnaires belges et je ne peux pas représenter la banque comme prévu. J'avais promis à monsieur van Den Cutten que j'irais. Seulement, demain, je dois absolument être ici. Une question de famille... de notaire...

– Et tu désires donc que je te remplace à Bruxelles.

– S'il te plaît.

Papa soupire. Il a beaucoup de rendez-vous et d'obligations, surtout en ce moment.

– D'accord.

Je regarde Dumont. Charlotte et moi n'avons pas rêvé. Je suis sûr que, dans quelques minutes, il demandera à papa de lui rendre un deuxième petit service tout à fait anodin : transporter une mallette contenant des archives sans importance.

– J'ai vraiment un planning chargé en ce moment. Mais il faut que la banque soit représentée. Mylène... appelle papa en appuyant sur le bouton de l'interphone.

La secrétaire entre dans le bureau.

– Pouvez-vous me réserver un billet d'avion pour demain jeudi, sur Bruxelles ? Ma femme voudra peut-être m'accompagner. Elle adore Bruxelles. C'est là que nous nous sommes rencontrés... Mylène, pouvez-vous lui téléphoner pour le lui demander ? Appelez-la sur son portable. Si c'est oui, réservez-nous deux billets s'il vous plaît.

– Bien monsieur.

La secrétaire regagne son bureau.

– Merci, dit Dumont. Je garde espoir que les actionnaires belges acceptent l'idée d'une recapitalisation. Ils apprécieront ta présence.

Dumont atteint la porte. Je pense alors m'être trompé pour la suite des événements quand, la main sur la poignée, il se retourne et ajoute :

– Puisque tu fais le voyage, est-ce que tu pourrais emporter des archives boursières ? Je les ai promises à un agent de change. Pour lui, c'est assez urgent. Il enverra un coursier les chercher à ta descente d'avion.

Papa dodeline de la tête d'un air de dire : « Ben voyons ! »

– D'accord, mais je ne reviens pas à la banque cet après-midi ni demain matin. Donne ta mallette de paperasses à Roland pour qu'il me l'apporte à la maison.

Le piège a fonctionné et papa est tombé dedans la tête la première. J'ai envie de crier que Dumont est un menteur, un salaud, un... Je ne trouve même plus mes mots tant la rage m'envahit. Pourtant, je dois me contenir, parce que je sens que tout pourrait chavirer si je parlais maintenant.

Mylène ouvre la porte de communication, un papier à la main.

– Mme Forestier vous accompagnera. J'ai fait deux réservations à destination de Bruxelles sur la European Airlines. Départ à 8 heures 50. Vol retour de Bruxelles à 16 heures 05. Vous arriverez aux environs de 17 heures.

– Parfait.

Il faut que je voie Charlotte. Il faut qu'on réfléchisse.

Je la trouve rêveuse.

– Je suis vraiment heureuse de savoir enfin qui est mon vrai père. C'est formidable. Après tant d'années pendant lesquelles je l'ai cru mort. En plus, il vit près de moi. Il faudra que tu me donnes des photos de lui. Et puis, je veux le voir, lui parler.

– Doucement...

– Oui, tu as raison. La situation est compliquée. Tu crois que je devrais en parler à maman ? Je me demande comment elle va réagir quand elle réalisera que je sais tout. Il faut que je la prépare. Peut-être que si j'en parlais d'abord à Alain... Ah là là ! Les adultes et leurs histoires ! Tu te rends compte, la première fois que je l'appellerai « papa » !

Ma sœur ! C'est vrai que, lorsqu'elle prononcera ce mot, ce sera un moment émouvant. Elle, elle n'a jamais eu l'occasion de le dire. Il faut que je me ressaisisse, sinon, dans deux minutes, on va nous retrouver dans les bras l'un de l'autre, baignant dans un flot de larmes.

– Charlotte, s'il te plaît, écoute-moi. J'étais dans le bureau de papa tout à l'heure. Dumont a fait exactement ce qu'il avait prévu hier soir. Papa est pris au piège. Il faut qu'on agisse, sinon, c'est la catastrophe.

Charlotte frémit et me demande :

– Il va emporter l'argent à Bruxelles ?

– Oui. Dumont remettra la mallette à Roland dans l'après-midi. Comme ça, papa n'aura pas besoin de passer à la banque avant d'aller à l'aéroport.

Je lui raconte alors en détail l'histoire des deux billets d'avion, de l'agent de change. Au bout d'un moment, elle lève la main, ferme les yeux et me dit :

– Tais-toi. Tais-toi...

Elle reste immobile comme un bouddha, puis, brusquement, elle ouvre les yeux :

– Il n'y a qu'une façon de le tirer d'affaire : il faut mettre l'argent à l'abri ! C'est le seul moyen d'éviter que notre père soit accusé de le détourner.

❖

Tout l'après-midi, Charlotte et moi nous creusons la cervelle pour trouver une solution. On imagine mille scénarios, mais, finalement, quand je rentre à la maison à 18 heures, je ne suis pas plus avancé.

La maison est calme. Papa n'est pas rentré. Maman rédige du courrier dans le salon. Je l'embrasse et nous bavardons quelques minutes. Vers 18 heures 30, Roland apporte une mallette de cuir noir.

– Pour M. Forestier, de la part de M. Dumont, dit-il à maman.

– Merci Roland. Posez-la sur son bureau.

Maman s'inquiète de savoir si Roland pourra m'emmener au collège demain matin. Il précise qu'il viendra tôt, car il doit ensuite aller chercher le courrier. Il me laissera alors à la banque et, s'il n'est pas revenu à temps, la secrétaire me conduira au collège.

Moi, une seule chose me préoccupe : le million est dans la mallette et la mallette est à portée de ma main, mais maman est là, Roland n'en finit pas de s'en aller et papa peut rentrer d'un moment à l'autre.

Juste après le départ de Roland, on sonne à la porte d'entrée. Maman va ouvrir et revient m'avertir au bout d'une minute ou deux :

– Mon chéri, je vais chez Mme Joncourt chercher les échantillons. Je n'en ai pas pour longtemps.

– D'accord.

Une véritable aubaine. Je fonce dans le bureau. La mallette est là, posée bien à plat. Je tourne autour et m'arrête, debout, près du fauteuil de papa. Je pose la main sur le cuir noir. Tout cet argent est à quelques millimètres de mes doigts. Rien que d'y penser, j'en ai le frisson. Reste à l'ouvrir.

Je relève la mallette, poignée en haut. Elle est lourde. Près de la poignée, il y a un boîtier en acier dont je soulève le couvercle. Sept roulettes portant des chiffres apparaissent.

Oh non ! C'est une serrure à combinaison.

Je positionne au hasard les roulettes puis essaie d'ouvrir. Sans résultat.

Quel idiot ! Avec sept chiffres, on peut aller jusqu'à 9 999 999. Il y a donc dix millions de combinaisons possibles.

Je réalise qu'il me faudra des heures, des jours pour les essayer toutes. J'enrage. Le pactole est là, sous mes doigts, la maison est déserte et je vais passer à côté du but tout simplement parce que je ne connais pas sept malheureux petits chiffres ! J'ai envie d'aller chercher un marteau et de faire sauter cette maudite serrure.

J'actionne à nouveau le couvercle du boîtier. Le déclic me donne une impression de déjà entendu.

Je recommence. Pas de doute, cette mallette, c'est celle que Roland a parfois dans la Safrane, celle qui lui sert à transporter des papiers plus ou moins importants. Peut-être est-ce lui qui a programmé la combinaison. Je l'ai déjà vu l'ouvrir.

J'ai brusquement envie de lui téléphoner pour lui demander cette maudite combinaison, mais je réalise combien cette idée est stupide. Je m'assieds à la place de papa et me force au calme. Maman est déjà partie depuis dix minutes.

Soudain une idée germe dans mon esprit.

Souvent, pour se rappeler des nombres, les gens utilisent les dates de naissance de leurs enfants, ou une date importante qu'ils sont sûrs de ne jamais oublier. Roland n'a pas de famille... À part l'histoire...

Et là, c'est le flash ! L'histoire, ce sont des dates et les dates comportent forcément sept ou huit chiffres selon le jour. Je suis sûr que la date importante pour Roland est celle de la fameuse bataille de Lépante dont il me rebat les oreilles depuis ma petite enfance.

Je me précipite vers l'une des encyclopédies de la bibliothèque.

« Lépante. Bataille au cours de laquelle les forces de la Sainte Ligue détruisirent la flotte ottomane. 7 octobre 1571. »

7 octobre 1571 = 7101571.

Mes mains tremblent en composant la combinaison.

Miracle, la mallette s'ouvre.

Des paquets de billets de cinq cents euros soigneusement alignés sur deux rangées apparaissent. Quelques paquets de liasses très minces car les billets sont neufs. Je suis surpris. J'imaginais qu'une telle somme tenait infiniment plus de place. Par contre, les paquets sont aussi lourds que des livres.

Je fonce dans ma chambre, vide mon sac de sport et redescends à bride abattue dans le bureau. Je saisis un à un les paquets de billets et les stocke dans le sac. J'empoigne des catalogues qui traînent dans un porte-revues, les cale dans la mallette avec des journaux et referme rapidement.

Je brouille la combinaison, remets la mallette à plat sur le bureau et essuie soigneusement le cuir avec la manche de mon sweat-shirt. Enfin, j'attrape mon sac de sport et grimpe dans ma chambre.

Ouf! Il ne me reste plus qu'à espérer que papa ne contrôle pas le contenu de la mallette avant de partir.

***

Comme prévu, papa rentre vers 21 heures. Pour une fois, nous dînons tous les trois. Je suis tendu. Je n'ose pas le regarder dans les yeux de peur qu'il voie mon trouble. En arrivant, il s'est rendu dans son bureau et a posé la mallette par terre pour faire de la place.

– Elle est lourde! a-t-il simplement constaté.

Papa est gai, détendu. Il demande ce que nous avons fait, si le couvreur a réparé la gouttière, si le jardinier pourra tailler la haie.

– Veux-tu encore une quenelle? me demande maman.

– Non, non. Merci. J'ai plus faim.

– Il n'est pas en grande forme en ce moment, notre garçon, dit papa en me posant la main sur les cheveux. Ce matin déjà, je l'ai trouvé fatigué. Et tristounet avec ça. On ne l'entend plus. Eh, fiston, tu ne serais pas amoureux? plaisante-t-il.

– Ne le taquine pas. Il travaille beaucoup, tu sais, m'excuse maman.

Le téléphone sonne, papa décroche.

– Allô. Qui ? Une amie de Jérôme... Attends, je te le passe.

Papa amorce son geste mais ne le termine pas. On insiste à l'autre bout du fil. Papa sourit, fait un clin d'œil à maman et appuie sur la touche « haut-parleur ». La voix de Charlotte résonne dans la pièce. Je pâlis.

– ... vu à la télévision l'autre jour. J'ai suivi l'émission d'un bout à l'autre. C'est génial votre idée d'installer un hôpital.

– Merci, merci, répond papa en pointant son pouce vers le ciel pour signifier qu'il apprécie. Si je n'avais que des électeurs comme toi, je serais élu dès le premier tour. Dommage que tu ne sois pas en âge de voter.

– Je suis sûre que vous gagnerez. À la télé, vous avez été formidable. En plus, vous allez donner du travail à des milliers de gens...

– Mille trois cent cinquante, rectifie papa, pas plus, hélas.

– Et puis ce centre de recherche aussi, c'est génial.

Charlotte a trouvé un prétexte pour parler à son père. J'ai compris depuis le début, mais là elle exagère. Le jeu est dangereux. Je réagis en tendant la main vers l'appareil pour que papa me le donne le plus vite possible.

– Merci, merci, tu es très gentille, conclut papa. Ne quitte pas, je te passe Jérôme.

– J'espère qu'on aura d'autres occasions de parler de votre projet. Ce que vous dites, ça m'intéresse beaucoup, beau...

– Oui, merci, je te le passe.

Papa a à peine décollé l'écouteur de son oreille que je lui arrache le combiné et enfonce la touche du haut-parleur pour qu'on n'entende plus Charlotte. Sauvé !

– Allô. Oui, c'est moi. Attends une seconde. Je monte dans ma chambre, dis-je en rougissant à papa et à maman.

Papa sourit en se massant le menton.

– Dis-moi, comment s'appelle ta copine ?

Je ne m'attendais vraiment pas à cette question et je suis complètement déboussolé.

– Ma copine ?
– Oui, celle qui est au bout du fil.
– Amandine. C'est ça, Amandine...

❖

– Tu es complètement folle de lui parler comme ça ! Il aurait pu se douter de quelque chose.

– Mais non. Et puis j'en avais tellement envie. Toi, tu ne sais pas ce que c'est de découvrir son père à douze ans. Quelle belle voix grave il a !

Je vérifie que la porte de ma chambre est bien fermée, place ma main devant ma bouche et dis à voix assez basse :

– J'ai réussi à ouvrir la mallette. J'ai l'argent. Il est dans mon sac de sport.

– Génial !

– Et maintenant ?

– J'imagine Alexis lorsqu'il découvrira que la mallette ne contient que des journaux. Il va forcément réagir et que peut-il faire à part contacter Dumont ?

– Bien vu…

– Il faut donc qu'on le surveille, toi à la banque, moi en face de chez lui. J'emporterai le téléphone portable de la maison pour qu'on reste en contact. Tu en as un chez toi ?

– Oui.

– Alors, prends-le. On en aura besoin.

La journée sera chaude demain. Très chaude.

CONTRAT MORTEL

Mon réveil sonne inutilement. J'ai les yeux ouverts depuis une heure. J'ai très mal dormi. Nous risquons très, très gros.

Je me lève, tourne en rond dans ma chambre comme un fauve en cage. Si tout ne se déroule pas comme Charlotte et moi l'espérons, ce sera le scandale : « Un des directeurs de la banque Dumont et Forestier, candidat au fauteuil de maire, détourne un million d'euros pour financer sa campagne électorale. » Papa ira en prison. Sa vie sera brisée. J'ai maintenant une sœur, mais nous ne pourrons jamais être heureux ensemble.

Allons bon ! Voilà que je vois l'avenir en noir. Rien n'est encore joué et nous avons pas mal de cartes maîtresses en main. Les choses se passeront bien si nous ne paniquons pas. Il faut d'abord ne pas lâcher Dumont d'une semelle.

— Tiens ! Tu es déjà debout, s'étonne maman en poussant la porte de ma chambre.

— Ouais ! Je voulais réviser un ou deux trucs avant de partir au collège.

— Je croyais que tu avais seulement gym !

— Ce matin, mais cet après-midi j'ai cours...

Maman me regarde, soupçonneuse. Je n'aime pas quand elle me passe au scanner comme ça. Je saisis mes vêtements puis je lance :

— Bon ! Je vais faire ma toilette et m'habiller.

À 7 heures 30, Roland me prend à la maison. Mes parents disparaissent au coin de la rue. Direction l'aéroport, avec la mallette dans le coffre. Si papa savait ! J'ai eu envie de tout lui révéler, mais je me suis retenu au dernier moment. Il faut faire comme prévu si nous voulons confondre Dumont et Bivault.

— Je te laisse à la banque, me dit Roland. Je dois aller chercher le courrier. Tu t'installes dans le bureau de Mylène. Je reviens avant 9 heures et je te conduis au collège.

La banque est encore déserte. Seule la secrétaire de direction est arrivée. J'entre dans son bureau, mon précieux sac serré contre moi.

— Tu as gym aujourd'hui ? me demande-t-elle.

— Euh... Oui. Je vais le mettre dans le placard de papa. Comme ça, il ne vous gênera pas.

— Comme tu veux, Jérôme.

Encore heureux ! ne puis-je m'empêcher de penser. Si cette pauvre secrétaire en voyait le contenu...

Je la connais bien l'armoire du bureau de papa. J'y ai une place réservée : l'étagère la plus basse. Je peux y mettre mes affaires. Je glisse mon sac et referme la porte à double tour.

Roland revient vers 9 heures moins dix, un sac de courrier à la main.

– L'avion est en train de décoller, dit-il en entrant dans le bureau de Mylène. Tes parents sont en route pour Bruxelles.

Je ne sais pas si je dois me réjouir. Pourtant, tout se déroule comme prévu. J'ai soudain des peurs d'apprenti sorcier : et si la machine s'emballait, si les événements échappaient à notre contrôle. J'aurais pu tout arrêter hier soir, ou même ce matin, en révélant le contenu de la mallette à mes parents. Maintenant, il est trop tard. La peur m'engourdit. Roland me tire de ma torpeur.

– Tu es prêt, Jérôme ? C'est l'heure de partir.

Mais que fait Charlotte ? Je suis sur le point d'aller chercher mon sac lorsque le téléphone sonne. Mylène décroche et, après quelques secondes, répète pour confirmer qu'elle a saisi :

– Le prof de gym est absent... Jérôme n'a pas cours ce matin...

Elle me tend le téléphone :

– C'est pour toi, Jérôme !

Enfin !
— Allô ?
— Jérôme ? C'est moi. Bonne nouvelle : le prof de gym est malade, il n'y a pas cours ce matin. Elle a bien compris, au moins ?
— Parfaitement.
— Salut et à tout à l'heure...
Pour l'instant, notre plan fonctionne. Je me tourne vers Roland, la mine réjouie.
— Le prof de gym est absent.
— Qu'est-ce que c'est que cette histoire ? demande-t-il, incrédule.
Heureusement, Mylène vient à mon secours :
— Son prof est malade. Ce n'est pas la peine de le conduire au collège pour qu'il reste trois heures en permanence.
J'enchaîne :
— J'irai à deux heures...
— Tes parents m'avaient dit...
— Ils ne savaient pas que le prof serait absent. Ou ils t'auraient demandé de me garder ici.
— Bon ! Comme tu veux...
Je fais des pieds et des mains pour que Roland accepte de me laisser avec Mylène. Dumont ne va pas tarder à arriver. Heureusement que je trouve les arguments imparables :
— Eh ! Je ne suis plus à la maternelle. Je ne vais pas faire d'âneries quand tu auras le dos tourné. Tu n'as plus confiance en moi maintenant ?

Cela ne fait pas cinq minutes que je bricole sur la table voisine du bureau de la secrétaire quand, soudain, je perçois une vibration dans ma poche.

Charlotte m'appelle sur le portable. Conversation ultra-confidentielle en vue ! Je me lève d'un coup et fonce vers les toilettes. Là, personne ne peut m'entendre.

– Allô ?

– Allô, Jérôme ? C'est encore moi. Tout se déroule comme prévu ?

– Ouais ! Même si Roland s'est un peu fait tirer l'oreille. Et toi ?

– Pas de problème pour l'instant. J'ai cueilli Dumont à la sortie de chez lui. Il se rend à la banque à vélo, je le suis.

– Fais attention.

– Ne t'inquiète pas. Je reste à distance respectable.

– Tu es sur ton vélo ?

– Non, je me suis arrêtée. Dumont est dans une cabine téléphonique. Je ne sais pas ce qu'il raconte, je suis trop loin.

– À mon avis, il doit informer Alexis du départ de notre père.

– Il raccroche. Je repars. Salut !

Je regagne ma place près de Mylène, le cœur battant. Dans quelques instants, Dumont arrivera et ce sera à moi de jouer.

– Dis donc, s'étonne Mylène, tu devais avoir une envie pressante. Quel démarrage !

Je ne réponds pas. Il faudra que je sois plus discret la prochaine fois.

Je tente comme je peux de me plonger dans la révision de mes contrôles. Soudain, Dumont apparaît.

– Bonjour monsieur.
– Bonjour Mylène. Pas d'appel ?
– Non, rien. Vous avez un rendez-vous ce matin, à dix heures.
– Le client est arrivé ?
– Pas encore.

Je lève la tête et prononce un bonjour qui se veut le plus naturel possible.

– Bonjour Jérôme ! Tiens, tu n'es pas au collège ?
– Non, le prof est absent et je...

Dumont a tourné le dos avant même d'entendre ma réponse. Il s'en moque. Il a l'air d'excellente humeur. S'il savait. En ce moment, l'avion doit amorcer sa descente vers l'aéroport. Bientôt, papa rencontrera le complice d'Alexis et lui remettra la mallette. Que se passera-t-il quand l'entraîneur véreux découvrira les catalogues ?

Dumont est en rendez-vous depuis une quinzaine de minutes, quand le fax du secrétariat se met en marche. Il imprime avec un son feutré. La secrétaire prend la feuille et sourit :

– Tiens, c'est amusant ! Voilà qu'on envoie des dessins à M. Dumont...

– Faites voir !

– Tu es bien curieux ! réprimande-t-elle dans un sourire, sans pour autant me montrer le dessin en question.

Je n'insiste pas. Elle frappe à la porte du bureau de Dumont et lui donne le fax. Il est peut-être en rapport avec l'affaire. Mylène n'a même pas repris sa place devant son ordinateur que Dumont jaillit de son bureau, le visage défait.

– Il... Il faut que je m'absente quelques minutes. Faites patienter monsieur...

Il désigne le client resté assis dans son bureau, puis dévale l'escalier comme s'il avait la police aux fesses.

Ne t'inquiète pas, c'est pour bientôt !

Cette pensée joyeuse a traversé mon esprit pourtant envahi par l'inquiétude. Le fax est sans doute en rapport avec le détournement d'un million d'euros.

Dumont est sorti les mains vides. Le fax est donc resté dans le bureau. Il faut absolument que j'y aille. Seulement, dans le bureau, le monsieur du rendez-vous patiente. Et puis Mylène ne me laissera pas y entrer. Lassé par une attente qui se prolonge, le client pointe son nez :

– Mademoiselle, s'il vous plaît, pourriez-vous dire à M. Dumont qu'il ne m'a pas été possible d'attendre plus longtemps ? Je lui téléphonerai dès que possible.

L'homme sort et j'entends ses pas décroître dans le couloir. Mylène note le message sur un post-it. Une idée me vient alors à l'esprit. Le plus naturellement possible, je lui propose :

– Vous voulez que je le porte sur le bureau de M. Dumont ?

– Tu es gentil.

Je prends le papier et me faufile chez Dumont, très content du subterfuge. Mais ma joie est de courte durée. Il n'y a pas le plus petit morceau de papier sur le bureau de Dumont.

Je soulève machinalement le sous-main et aperçois... un fax. LE fax !

Plusieurs dessins occupent la page, un peu comme une BD. Dessin numéro un : un bonhomme au pied d'une silhouette d'avion remet un rectangle noir à un autre bonhomme. Dessin numéro deux : un personnage devant le rectangle ouvert. Dedans, des catalogues où sont griffonnés des noms de sociétés de vente par correspondance. Dessin numéro trois : le personnage semble très en colère. Des éclairs éclatent au-dessus de sa tête. Enfin, un panneau d'affichage porte le score : 15 à 0. En dessous, une légende : « L'argent n'est pas là. La facture va être lourde. »

Voilà une preuve qui disculpe papa. Elle est fragile, mais elle existe. Je mets le précieux papier à l'intérieur d'une enveloppe que je glisse sous mon sweat.

Maintenant, il va falloir improviser. Je me dirige vers les toilettes pour appeler Charlotte, quand mon portable se met à vibrer.

– Allô, Charlotte ? Tu tombes bien parce que j'ai p...

– Tu me raconteras ça plus tard ! Rejoins-moi vite à l'église Saint-Pierre. C'est urgent.

– Qu'est-ce qui se passe ?

– Je t'expliquerai. Viens tout de suite et entre par la porte de droite !

Et elle raccroche. Je reste figé quelques instants puis jaillis des toilettes et gagne à toute vitesse la porte d'entrée.

Je croise Roland juste au moment de sortir.

– Eh ! Où cours-tu comme ça ?

– Je reviens...

Je n'attends évidemment pas la réponse et sors, faussement calme.

Je m'élance sitôt dehors. En courant à un bon rythme, il me faut moins de dix minutes pour rejoindre Charlotte.

❖

Saint-Pierre m'offre enfin la beauté de son porche d'entrée pur style gothique, mais je ne prends pas le temps de l'admirer. Je me dirige vers la petite porte de droite. Je pousse doucement le battant qui ne grince même pas. J'entre, la gorge nouée et le pas mal assuré.

Mes yeux ont besoin de quelques secondes d'adaptation pour percer la pénombre. Le bruit de fermeture du battant, pourtant très amorti, se répercute sous les voûtes de pierre. Charlotte vient vers moi en silence, un doigt sur la bouche. De son autre main, elle me fait signe de la suivre. Nous nous glissons dans l'ombre des piliers, silencieusement.

Où me conduit-elle et pourquoi ? Nous approchons du chœur. La lumière qui traverse les vitraux baigne l'endroit d'une lueur bleutée. Nous nous cachons dans une chapelle attenante.

J'aperçois soudain deux hommes à genoux sur des prie-Dieu de la première rangée, à quelques pas de l'autel. Je reconnais Dumont et… Bivault, le front posé sur leurs mains jointes, qui semblent prier. Au-dessus d'eux, une statue de saint Pierre les toise de son regard de marbre.

Je les observe toujours, lorsque Charlotte me tire par la manche. Elle m'entoure l'oreille de ses deux mains et me dit dans un souffle si faible que j'ai peine à comprendre ses paroles :

– J'attendais à la porte de la banque depuis une heure quand j'ai vu Dumont et Bivault sortir en trombe. Ils avaient l'air complètement affolés. Dumont ouvrait la portière du passager quand il a crié à Bivault : « À l'église Saint-Pierre ! Vite ! » Je m'y suis rendue aussi vite que j'ai pu. Quand je suis arrivée, ils étaient déjà là.

Je me dégage et lui souffle à mon tour :
- Mais qu'est-ce qu'ils font ?
- Je crois qu'ils attendent quelqu'un.

Un homme habillé d'un blouson et pantalon de motard entre dans l'église. Il retire son casque. Brun, cheveux souples mi-longs, il doit avoir une trentaine d'années et mesure sans doute près de deux mètres. Il trempe sa main dans le bénitier, esquisse un vague signe de croix pour se donner le temps d'observer les lieux puis se dirige droit vers les deux compères. Il ne nous a pas vus. Il passe dans l'allée centrale. Je retiens mon souffle. Il s'agenouille à côté de Dumont. Il a une voix très grave et, même s'il parle bas, l'acoustique de l'église amplifie suffisamment les sons pour que nous comprenions ce qui se dit :

- De quoi s'agit-il ?
- Éliminer un gêneur, répond Dumont sans détour.
- Où et quand ?
- Ce soir, à l'aéroport, quand les passagers de l'avion de Bruxelles rejoindront leur véhicule.
- Quelle voiture ?
- Une Clio blanche accidentée.
- Le client ?
- Un mètre soixante-quinze environ. Il est roux. Voici une photo.

Bruit de froissement. Le papier change de main.

– C'est un tract électoral, constate l'homme en examinant attentivement le portrait.

Puis il ajoute :

– Salade politique...

– Derrière, j'ai noté le numéro d'immatriculation de la voiture, précise Dumont. Vous aurez la somme convenue ce soir.

L'homme se lève sans un mot et sort. Une puissante moto démarre. Quelques minutes plus tard, Dumont et Bivault quittent l'église, sans échanger la moindre parole. La minuscule flamme d'un cierge grésille devant l'autel de la Vierge et perce le silence. J'ai compris et j'ai pourtant du mal à croire ce que j'ai entendu. L'homme au blouson noir est un tueur et Dumont et Bivault veulent l'envoyer assassiner papa. Incroyable ! Ce genre d'individu n'existe donc pas que dans les livres et les films policiers ?

Charlotte me regarde. Elle aussi a compris et son regard est effaré.

✤

Nous domptons tant bien que mal notre panique et sortons de l'église avec précaution. Quand nous sommes certains que Dumont et Bivault sont bien partis, Charlotte me lance :

– Ils veulent assassiner papa ! Qu'est-ce qu'on peut faire pour empêcher ça ?

— Neutraliser le tueur…
— Facile à dire…
— Tout révéler à la police ?
— Ils ne nous croiront jamais.
— Et puis, ça ne prouvera pas son innocence.
— Pourtant, il n'y a que la police qui puisse empêcher ce meurtre.
— Comment faire pour à la fois sauver papa, le disculper et confondre Dumont ?

Nous réfléchissons tout en contournant l'église. Charlotte récupère son VTT. Soudain, je m'arrête. Je plonge la main sous mon sweat.

— Tiens, Charlotte, prends cette enveloppe. Moi, je fonce à la banque récupérer mon sac de sport. Voilà ce qu'on va faire. Il faut que la police arrête papa à la descente de l'avion. C'est le meilleur moyen de le protéger.

⁂

Je sors de la banque, mon sac à la main. Je m'approche de deux policiers qui patrouillent en ville. Je vérifie qu'ils portent bien l'écusson de la police nationale.

Ils sont là, à moins d'un mètre de moi. Je me concentre puis je me lance avec une violence que je ne me connaissais pas. Je donne un coup de pied dans le mollet d'un policier. Il hurle de douleur. Son collègue se retourne, me regarde, incrédule.

Je me sauve mollement, le sac me gêne. Le policier me poursuit. L'autre s'est remis et arrive à sa hauteur.

Ils m'attrapent. Je me débats tout en les insultant avec les mots les plus grossiers que je connaisse. Une casquette roule sur le trottoir. Il ne leur faut que quelques secondes pour m'immobiliser.

– Il est fou, ce gosse !
– Allez, on l'embarque.

Tandis que le plus costaud me ceinture, le second ramasse sa casquette en se frottant les tibias.

La première manche est gagnée, mais je ne m'en réjouis pas.

L'ARRESTATION

L'angoisse m'étreint. Les heures se sont lentement écoulées. J'ai bien fait de m'asseoir parce que, sinon, je crois que je me serais effondré. J'ai entendu l'un des policiers en uniforme grommeler « Tête de mule. Si c'était mon fils… ! » Si j'étais son fils, il y a bien longtemps que j'aurais reçu des claques.

Dix-huit heures. La police a-t-elle pu intercepter papa et maman à leur descente d'avion avant que le tueur ait eu le temps d'agir ? J'espère qu'ils sont en sécurité dans la voiture de police. Plus que quelques minutes et ils se trouveront devant moi. Je suis terriblement angoissé.

J'entends une certaine agitation dans l'entrée du commissariat. Bruits de pas dans l'escalier.

Une voix retentit dans le couloir. C'est papa. Sa voix est posée, mais vibre d'une colère contenue. L'énorme poids qui m'écrasait se soulève.

– Monsieur le commissaire, peut-être allez-vous enfin m'expliquer pourquoi vos hommes m'ont arrêté à ma descente d'avion ?

– Arrêté, arrêté... nous souhaitons vous faire rencontrer quelqu'un qui nous a apporté un curieux sac de sport.

Je prends une énorme inspiration. Papa entre dans la pièce suivi par maman. Ils m'aperçoivent et se figent. J'essaie de leur adresser un sourire.

– Mais qu'est-ce que tu fais là ?

Le commissaire déclare avant que j'aie le temps de répondre :

– Il a insulté et frappé des policiers en uniforme... mais ce n'est pas le plus important. Venez ici, monsieur Forestier.

Papa obtempère tandis que maman me regarde, épouvantée. Elle est sur le point de pleurer. J'en souffre terriblement et n'ai qu'une hâte : que les explications soient données, que la situation soit éclaircie.

Le doute refait surface, s'incruste dans mes pensées : et si Charlotte et moi nous étions trompés sur toute la ligne ? Si l'homme au blouson noir n'était pas vraiment un tueur ? Si Dumont...

Je n'ai pas le temps de m'enliser dans cette hypothèse.

Papa plonge la main dans le sac de sport et en sort une liasse de billets. Ses mains tremblent. Un détail qui ne trompe pas. Papa se met rarement en colère mais, quand celle-ci éclate, elle est toujours terrible.

– Tu peux m'expliquer, Jérôme ?

J'essaie de rester calme, même si mon cœur bat comme jamais.

– Il y a un million là-dedans, dis-je.
– Qu'est-ce que tu racontes ?
– La vérité, papa, la stricte vérité.

Et j'explique tout ce que je sais.

❖

Une heure plus tard...

Le commissaire cesse de parler. Dumont est là, face à papa. Il se tient droit, le menton relevé, arrogant. Ses yeux lancent des éclairs féroces. Deux rides profondes barrent son front et ses joues tremblent légèrement sous la pression des muscles tendus. Je le sens prêt à bondir.

– Salaud ! hurle-t-il soudain à l'adresse de papa. Tu as détourné un million d'euros pour ta campagne électorale. Ah, c'est joli la politique ! Magouille, corruption, pots-de-vin ! Je comprends maintenant...

Et il se lance dans un véritable réquisitoire. Je me demande un instant si Dumont n'a pas répété cette scène tant les arguments s'emboîtent parfaitement. Papa laisse passer l'avalanche sans broncher. Il va réagir. Je le sais. Maman aussi. Elle est maintenant assise et, même si elle n'est pas encore sereine, elle affiche un visage déterminé. Elle m'a cru. Quand papa sort de son silence, sa voix est tranchante et ferme :

– Ce n'est pas moi qui ai sorti ce million de la salle des coffres hier. Tu le sais mieux que personne. C'est Bivault, sur ton ordre.

Dumont encaisse mal le coup et se rebiffe.

– Qu'est-ce que c'est que ces salades ? Accuser le caissier général, un homme parfaitement honnête qui nous sert avec un dévouement admirable depuis si longtemps. Tu racontes n'importe quoi !

– Laisse-moi continuer, s'il te plaît. Tu as mis l'argent dans la mallette que tu m'as demandé de remettre aujourd'hui à Bruxelles, à un sbire du club que l'OR doit rencontrer samedi prochain. Il était destiné à acheter les joueurs adverses.

Dumont ricane. Son regard se charge de haine. Il lâche avec mépris :

– Mon pauvre vieux ! Qu'est-ce que tu ne vas pas inventer pour sauver ta peau ? Ah ! Les politiciens sont des menteurs de talent.

Papa démonte petit à petit le mécanisme de l'escroquerie mise au point par Dumont qui nie, dément, contredit, se bat comme une bête blessée, mais sa position se fragilise et il perd peu à peu son bel aplomb.

Soudain, un policier vient glisser quelques mots à l'oreille du commissaire qui intervient aussitôt :

– S'il vous plaît, messieurs. Je crois que nous avons une visite intéressante...

Et dans la seconde qui suit, Charlotte apparaît, souriante. Elle a du cran, ma sœur, et j'en éprouve une grande fierté. Un silence absolu envahit la pièce. Maman dit d'une voix incroyablement douce :

– Charlotte ! Qu'est-ce que tu fais là ?

Je suis suffoqué par cette réaction. Malgré moi, la question jaillit de ma bouche :

– Tu la connais ?

Maman n'est pas surprise. Visiblement, elle sait qui est Charlotte.

– Charlotte ? rugit Dumont.

Il nous dévisage à tour de rôle, ma sœur et moi, et hurle en direction de papa :

– Et puis voilà le père ! C'est bien la gamine que tu as faite à Claire Monestier, notre ancienne secrétaire de direction ! Une fille adultérine. A-dul-té-ri-ne ! Ah ! Elle est belle la morale du candidat à la mairie de Roicy ! Quand les électeurs vont savoir ça...

Charlotte ne s'est toujours pas départie de son sourire. Ses yeux brillent de leur lueur si particulière et je comprends enfin où j'ai déjà vu cet éclat : dans les yeux de papa. Elle glisse la main dans la poche intérieure gauche de son blouson et en sort l'enveloppe qui contient le fax.

– Tenez, monsieur le commissaire. Ce qu'il y a dans cette enveloppe devrait vous intéresser. Et s'il vous faut quelques explications pour comprendre le sens des dessins, M. Dumont vous les donnera… avec notre aide, celle de Jérôme et la mienne, si c'est nécessaire.

PLUS TARD...

1ᵉʳ septembre. C'est la fête.

Jamais Charlotte et moi n'aurions cru goûter un tel bonheur.

Aujourd'hui, j'ai douze ans. Mon père, maire de Roicy depuis quelques mois, célèbre son élection après avoir assuré le bon démarrage de son administration. La fête se déroule dans notre jardin où plusieurs tentes marabout sont dressées. À l'ombre de leurs toiles bleues, sur de grandes tables recouvertes de nappes blanches, le buffet s'offre aux invités. Charlotte et moi allons d'un groupe à l'autre. Tout le monde nous appelle « les jumeaux ».

– Super! s'exclame Charlotte. Tu as un bel anniversaire. Et moi, je fais la fête avec mon frère pour la première fois!

– Oui, c'est bon d'être tous réunis.

Charlotte regarde en direction de sa mère. Vêtue d'une robe bleu ciel, elle parle avec maman. Elles se tournent vers nous et nous sourient.

– C'est bien de les voir ensemble, souffle Claire Monestier.

– Plus que bien, formidable, renchérit maman.

Elle m'a tout raconté : elle connaissait l'existence de Charlotte avant même qu'elle ne soit venue au monde. Papa lui en avait parlé dès qu'il l'avait su. Un jour, par hasard, alors qu'ils ne s'étaient pas revus depuis plusieurs mois, papa et Claire s'étaient croisés dans la rue. Claire avait le ventre très rond. Elle lui avait dit qu'elle considérait cet enfant comme le dernier cadeau qu'il lui avait offert, un cadeau d'adieu qu'il lui avait fait sans le savoir. Claire ne pouvait pas se marier avec papa, mais désirait l'enfant. Maman était elle-même enceinte. La situation n'était pas évidente, bien sûr, pourtant maman s'était peu à peu habituée à la présence de cette enfant « parallèle ». Mieux, elle avait toujours tenu à ce que papa ne perde jamais Charlotte de vue. Ils ne la voyaient pas (ils pensaient que c'était mieux ainsi) mais, de temps en temps, Claire envoyait une photo et ils constataient qu'en grandissant elle me ressemblait de plus en plus.

Avant d'être mis en examen et emprisonnés, Dumont et Bivault avaient révélé l'existence de Charlotte aux journaux. L'affaire avait fait grand bruit. Immédiatement, papa avait envisagé de retirer sa candidature, préférant de beaucoup la tranquillité de sa fille retrouvée à la place de maire. Charlotte en avait été très touchée. Notre père l'aimait. Elle en était certaine.

Mais ce qui aurait dû se retourner contre lui avait finalement joué en sa faveur. Il avait été élu maire dès le premier tour, avec près de soixante pour cent des voix.

❖

1ᵉʳ septembre.

C'est la fête. Tous nos amis et parents ont été invités. Roland est là, lui aussi. Il parle à un vieux monsieur, sans doute d'histoire, peut-être de la bataille de Lépante, des Turcs et de la Sainte Ligue...

Charlotte et moi avons exigé que notre ancienne prof principale soit présente. La jeune femme se tient un peu à l'écart. Elle ne connaît personne. Nous l'abordons.

— Madame, on voulait vous remercier.

— Me remercier ? Mais pourquoi ? C'est plutôt à moi de le faire. C'est très gentil de m'avoir invitée.

– Il y a une raison particulière, commence Charlotte.

Et je poursuis :

– Vous vous souvenez du jour de la rentrée ? Vous nous aviez pris pour des jumeaux. Sans vous, peut-être qu'on n'aurait jamais su qu'on était frère et sœur...

LES AUTEURS

Roger Judenne et **Philippe Barbeau** habitent l'un en Beauce, l'autre dans le Doubs. Roger est ancien directeur d'école, Philippe ancien instituteur. Ils partagent aussi amitié, écriture et goût pour la tolérance. De telles affinités ne pouvaient que les amener à travailler en commun. Roger fut à l'origine du roman et proposa un premier chapitre à Philippe qui, à partir de celui-ci, imagina les grandes lignes d'une histoire qu'ils retravaillèrent ensemble. Philippe réécrivit alors le premier chapitre en fonction des nouvelles données et en créa un deuxième. Roger retravailla le tout et écrivit les troisième et quatrième chapitres et les allers et retours se poursuivirent...

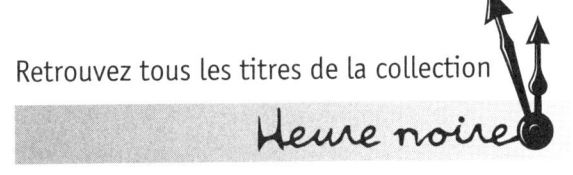

Retrouvez tous les titres de la collection *Heure noire* sur le site **www.rageot.fr**

Achevé d'imprimer en France en septembre 2007
sur les presses de l'imprimerie Hérissey à Évreux
Dépôt légal : octobre 2007
N° d'édition : 4571
N° d'impression : 106062